# 跟着**唐诗**去**旅行**

任乐乐 - 著

下

北京理工大学出版社
BEIJING INSTITUTE OF TECHNOLOGY PRESS

# 目录

## 第六辑 江南烟雨
### ——多情总被风吹雨打

## 第七辑 吴越山水
### ——梦里寻它千百度

故人西辞黄鹤楼，烟花三月下扬州。

扬州

姑苏城外寒山寺，夜半钟声到客船。

苏州

王濬楼船下益州，金陵王气黯然收。

南京

山寺月中寻桂子，郡亭枕上看潮头。

杭州

八月涛声吼地来，
头高数丈触山回。

钱塘江

第六辑：江南烟雨
——多情总被风吹雨打

# 南京

wáng jùn lóu chuán xià yì zhōu　　jīn líng wáng qì àn rán shōu
王濬楼船下益州，　金陵王气黯然收。

qiān xún tiě suǒ chén jiāng dǐ　　yí piàn xiáng fān chū shí tóu
千寻铁锁沉江底，　一片降幡出石头。

rén shì jǐ huí shāng wǎng shì　　shān xíng yī jiù zhěn hán liú
人世几回伤往事，　山形依旧枕寒流。

jīn féng sì hǎi wéi jiā rì　　gù lěi xiāo xiāo lú dí qiū
今逢四海为家日，　故垒萧萧芦荻秋。

——刘禹锡·《西塞山怀古》

中山陵

侵华日军南京大屠杀
遇难同胞纪念馆

夫子庙

秦淮河

西晋王濬率军从益州出发，战船顺流而下，让东吴政权黯然覆灭，金陵上空的"祥云瑞气"也烟消云散。吴国千寻长的拦江铁链沉入江底，一面投降的旗帜出现在金陵的城头。人间有几回兴亡的伤心往事，但高山依旧枕着寒流没有变化。从此四海一家，百姓过着太平日子。旧时的堡垒传来萧瑟的风声，而枯黄的芦荻在秋风中摇曳。

这首诗讲的是关于金陵的一段历史。公元279年，司马炎为完成统一大业，组织了数路大军，向东吴发动了全面进攻。当时身为龙骧将军的王濬，在益州大造战船，也就是诗中所说的"楼船"。船造好后的第二年，王濬带兵从益州出发，沿江东下，很快攻破金陵，从此东吴灭亡。

这里的金陵，也就是如今的南京。历史名城南京，在漫长的岁月中曾经有过很多名称，其中最响亮的名字莫过于金陵了。

据说，"金陵"这个名字的由来，是因为南京钟山在春秋时称金陵山。公元前333年，楚威王灭了越国后，就在清凉山上修筑了一座城邑。清凉山当时是金陵山的一部分，所以把此城命名为金陵邑。

那时候金陵邑只是个具有军事意义的小城堡，城市虽然规模不大，却是南京设置行政区划的开始，也是南京称为金陵的发端。而随着金陵邑的影响力越来越大，金陵之名也越叫越响。

南京是中国著名的四大古都及历史文化名城之一。作为都城，它历经三国、东晋、南朝宋、齐、梁、陈，南唐、明朝。刘禹锡另一首著名的《乌衣巷》写的也是南京这座都城所经历的朝代变换：

朱雀桥边野草花，乌衣巷口夕阳斜。
旧时王谢堂前燕，飞入寻常百姓家。

千百年来，奔腾不息的长江不仅孕育了长江流域的文明，也催生了南京这座江南城市。南京襟江带河，依山傍水，钟山龙蟠，石头虎踞，山川秀美，古迹众多。孙中山先生也曾经这样评价过南京："南京为中国古都，在北京之前。其位置乃在一美善之地区。其地有高山，有深水，有平原。此三种天工钟毓一处，在世界之大都市诚难觅如此佳境也。"

古老的鸡鸣寺与紫峰大厦

南京，的确古老，即便是在现代化发展如此之快的年代，人们也不得不承认，南京的古，是从骨子里散发出来的。早在 20 世纪 30 年代，著名文学家朱自清先生游历南京后，写下的《南京》一文就有这样一段评价："逛南京像逛古董铺子，到处都有些时代侵蚀的痕迹。你可以揣摩，你可以凭吊，可以悠然遐想。"

　　时至如今，南京的这种古韵，在高楼林立之间也能找到丝丝痕迹。夜幕降临之后，当你依身在秦淮河边的石桥上时，你或许依稀还能找到"烟笼寒水月笼沙，夜泊秦淮近酒家"的感觉。唐代杜牧的《泊秦淮》，准确地描绘出了南京城内秦淮河的光鲜艳丽，以及它见证过的历史沧桑。

> yān lǒng hán shuǐ yuè lǒng shā　　yè bó qín huái jìn jiǔ jiā
> 烟 笼 寒 水 月 笼 沙 ，夜 泊 秦 淮 近 酒 家 。
> shāng nǚ bù zhī wáng guó hèn　　gé jiāng yóu chàng hòu tíng huā
> 商 女 不 知 亡 国 恨 ，隔 江 犹 唱 后 庭 花 。

## 中山陵

　　中山陵位于南京市紫金山南麓，是中国民主革命先行者孙中山先生的陵墓及其纪念建筑群。中山陵坐北朝南，西边靠近明孝陵，东边挨着灵谷寺，整个建筑群依山势而建，总面积共8万余平方米。其中的主要建筑有牌坊、墓道、陵门、石阶、碑亭、祭堂和墓室等，排列在一条中轴线上，体现了中国传统建筑的风格。

📍 南京中山陵

📍 南京秦淮河夜游

## 📷 秦淮河

　　秦淮河是江南文化的中心，从六朝起便是南京名门望族聚居之地，这里商贾云集，文人荟萃，儒学鼎盛，被称为"中国第一历史文化名河"。这里金粉楼台，鳞次栉比，画舫凌波，桨声灯影，构成一幅如梦如幻的美景奇观。

　　夜晚，霓虹亮起，乘坐画舫古船夜游秦淮河，穿过河道两侧古朴的小巷、石桥，瞬间从繁华都市的紧张喧闹变成了江南水乡的浪漫诗意。

## 📷 夫子庙

　　夫子庙位于秦淮河北岸，始建于东晋时期，原本只是学校，北宋时期扩建时修建了祀奉孔子的庙宇。夫子庙建筑群由孔庙、学宫、江南贡院荟萃而成，是秦淮风光的精华。临河的贡院街一带是古色古香的商业街，小吃非常多，夫子庙饮食文化

166

可以追溯到六朝时期呢。如果在春节期间来这里，还能赶上"金陵灯会"，到处张灯结彩，规模和参与人数都是中国之最。

📍 夫子庙大成殿和孔子青铜像

## 📷 侵华日军南京大屠杀遇难同胞纪念馆

侵华日军南京大屠杀遇难同胞纪念馆位于南京江东门街 418 号，这个地方就是南京大屠杀江东门集体屠杀遗址和遇难者丛葬地。为了悼念遇难的同胞，南京市政府于 1985 年建成并开放了这座纪念馆。馆内的建筑物采用灰白色大理石垒砌而成，气势恢宏，庄严肃穆。馆内的展品带来的不是死亡与恐惧，而是"昭昭前事，惕惕后人，勿忘历史，吾辈自强"的历史一课。

📍 侵华日军南京大屠杀遇难同胞纪念馆内的和平大钟

苏州

平江路

yuè luò wū tí shuāng mǎn tiān　jiāng fēng yú huǒ duì chóu mián
月落乌啼霜满天，江枫渔火对愁眠。
gū sū chéng wài hán shān sì　yè bàn zhōng shēng dào kè chuán
姑苏城外寒山寺，夜半钟声到客船。

——张继·《枫桥夜泊》

苏绣　　　　　虎丘山　　　　　拙政园

月已落下，乌鸦仍然在啼叫着，暮色朦胧，漫天霜色。我独自对着江边枫树与船上渔火忧愁而眠。姑苏城外那寂寞清静的寒山古寺，半夜里敲响的钟声传到了我乘坐的客船里。

《枫桥夜泊》描写了一个秋天的夜晚，诗人张继泊船苏州城外的枫桥。江南水乡深秋夜晚的幽美景色，吸引了这位怀着旅愁的游子，让他领略到一种情味隽永的诗意美，提笔写下了这首意境深远的小诗。

自从张继的《枫桥夜泊》问世后，寒山寺就因此名扬天下，成为游览胜地，就连在日本也是家喻户晓。而寒山寺所在的苏州城，它的盛名，更是远在这首诗之上。

苏州，位于江苏省东南部，古称吴郡，这座城市有4000余年的历史。不知道大家有没有听说过"上有天堂、下有苏杭"呢？这里"苏"就是指苏州。苏州历史悠久，人文荟萃，秀丽雅致的苏州园林，和环绕姑苏城内的小桥流水，是多么富有诗情画意啊！

苏州古典园林，始于春秋，成熟于宋代，由文人士大夫修建。苏州科举入仕者是全国最多的，然而为官者，在官场不得意的也有很多，苏州古典园林就是这些文人在官场失意后，回归乡里，营造的隐居之所。所以苏州园林非常能体现中国古代

苏州运河十景之枫桥夜泊

文人的审美观，蕴含了丰富的古典文化艺术元素。

在这里，水巷小桥甚多，家家尽枕河。我们可以顺着春水，乘着小舟，划入水巷深处，苏州不经意间，便会流露出旖旎的春日风韵。如同苏州的精致园林一般，姑苏的春色，也是伴着吴侬软语，和着咿呀的江南小调，悄然显露。

苏州除了景美，人也美，而吴侬软语的盛名，更是传遍大江南北，甚至有些人一提到"温柔"二字，便会想起苏州的美人、苏州的方言。

听苏州老人说，苏州人说话时的语气之所以柔软动听，全仗西施美女。传说吴王夫差蛮横暴躁，但自从有了西施，他脸上开始出现笑容，平日令人胆寒的嘴里终于有了通情达理的和气语言。是什么令这个暴君改变了脾气呢？原来呀，臣民们发现西施说话语气特别柔软好听，如黄莺啼春，令人心醉。于是，一些善模仿的臣民开始学起西施的语气，果然，用这种语气说话讨人喜欢，使人有亲近感，甚至能化解矛盾、化仇敌为朋友呢。于是，吴国人一个个效仿起来，蔚然成风，遂成吴语。

吴侬软语就这样通过美人的嘴轻轻地吐了出来，流传下来。那声如落珠的小调软化了人心，这曼妙的语言就好像苏州城中蘸满千年灵气的运河水，在清清浅浅的运河里轻柔地起伏着，穿过一座又一座古老的小桥，枕着婆娑起舞的秋风，在雅致的水乡阡陌图里沉沉睡去。

当夕阳洒在这座古城，我们仿佛还能像李白一样，依稀看到姑苏台上吴宫的轮廓，以及美人西施的醉态朦胧的剪影。

姑苏城内自然风光秀丽，形成了富有江南风情的湖光山色。如今的苏州，既有园林之美，又有山水之胜，自然、人文景观交相辉映，加之文人墨客题咏吟唱，使它成为名副其实的"人间天堂"。逛苏州，逛的就是小桥流水，听的就是吴侬软语。只是不知，当你徜徉在苏州的大街小巷之中时，心情会不会也随着木窗外的涓涓流水而放松下来呢？

## 平江路

平江路是苏州的一条沿河的小路，全长1606米，有长达800年的历史，这里是苏州古城保存最为完整的一个区域，堪称古城缩影。平江路两侧有很多横街窄巷，比如狮子寺巷、传芳巷、东花桥巷等。小桥流水、粉墙黛瓦，显示出疏朗淡雅的风格。坐着小木船游走一圈后，可以上岸沿着老街从头吃到尾，平江路的特色小吃一定能治愈你的胃。

苏州历史老街平江路一角

拙政园建于明代。在唐朝时这个地方曾是诗人陆龟蒙的住宅，元朝时改为大弘寺，明朝时辞官回乡的御史王献臣买下这里，请画家文徵明设计宅院蓝图。后来拙政园历经几次易主，但仍不妨碍它是江南园林的代表，是中国四大名园之一。拙政园占地面积 52 000 平方米，相当于 6 个半足球场那么大。以园中池水为中心，在周围建造楼阁轩榭，其间有漏窗、回廊相连，园内的山石、古木、绿竹、花卉，构成了一幅幽远宁静的画面。

🔴 苏州拙政园的冬与夏

## 📷 虎丘山

　　虎丘山风景区位于苏州城西北郊，距城区中心仅 5 千米。这里最著名的是云岩寺塔和剑池。高耸入云的云岩寺塔已有 1000 多年的历史了，是世界第二斜塔，古朴雄奇，早已是古老苏州的象征。这里的剑池幽奇神秘，与吴王阖闾墓葬有关的千古之谜耐人寻味，令人流连忘返。

📍 沐浴着晨光的云岩寺塔

## 📷 苏绣

　　苏绣是我国的四大名绣之一，发源于苏州吴县（今苏州市吴中区）一带。早在春秋战国时期，吴国就已经把苏绣用于服饰上了。苏绣的特点是色泽清雅光洁；图案逼真且富有立体感；绣线精细，一根丝线被劈成十分之一、二十分之一来用，仍能做到线条紧凑、不露针迹。苏绣中以"双面绣"最精美，也最受人们喜爱。

173

杭州

西湖

jiāng nán yì
江南忆，

zuì yì shì háng zhōu
最忆是杭州。

shān sì yuè zhōng xún guì zǐ
山寺月中寻桂子，

jùn tíng zhěn shàng kàn cháo tóu
郡亭枕上看潮头。

hé rì gèng chóng yóu
何日更重游？

——白居易·《忆江南》（节选）

西溪
国家湿地公园

龙井村

灵隐寺

回忆起江南，我最想念的还是杭州。想念山寺中的桂花树，想念在那桂花树下拾桂子的日子。那一年，当我躺在郡衙的亭子里，一抬头仿佛能看见钱塘江上卷云拥雪的潮头。唉，我什么时候，还能重游杭州啊？

读罢白居易的《忆江南》，没有人会不向往唐代杭州的繁华雅致吧。实际上，唐代杭州与白居易是密不可分的，那时候，白居易的故事可比雷峰塔要精彩得多。

回到千年之前，唐宪宗元和十年（公元815年），白居易因上书言事，被贬到偏僻的江州做司马，后来又经过两次人事任命，白居易成了杭州刺史。

在白居易出任刺史的那段时间里，他大力兴修水利，疏浚西湖，修筑堤坝。在钱塘门外的石涵桥附近，有一条他主持修筑的白公堤，注意，这可不是西湖上的白堤哦。这条白公堤能够把湖水贮蓄起来，增加了湖水容量，解决了杭州、盐官农田的灌溉问题。为了让百姓了解修筑堤坝的作用，他还写了一篇《钱塘湖闸记》刻在石碑上，立于湖边，碑上写明了堤坝的功用、蓄放水方法、保护措施。

然而，漫漫千年已逝，白公堤的遗址早已无处可寻，逝去之堤为历史所淹没，而老百姓心中之堤却难以忘却。于是，顺应人们的念想，白堤便取代

📍 雪中的断桥白堤

了白公堤。

白堤之美凝聚了西湖美的精华。白堤横亘于西湖之上，长 1000 米，把西湖分成内、外湖。东到湖滨，西至苏堤，可见整个外西湖的景色。白堤分割了西湖的湖面，增加了空间的层次和变化。

西湖的惬意和美，在清代张岱的《湖心亭看雪》中可见一斑——"雾凇沆砀，天与云与山与水，上下一白。湖上影子，惟长堤一痕、湖心亭一点，与余舟一芥、舟中人两三粒而已"。文中的"湖"就是西湖，"长堤"便是白堤。

虽然历代诗人都在赞美描写西湖，要说谁写得最多，那非白居易莫属了。他一生作诗 3600 多首，其中写西湖山水的诗竟然高达 200 余首。白居易的诗中充满真情实感，表现出他对杭州、对西湖的真爱挚念，他把杭州当作了第二故乡。

那首著名的"乱花渐欲迷人眼，浅草才能没马蹄"，描写的正是杭州初春的景象。而像"绕郭荷花三十里，拂城松树一千株""灯火万家城四畔，星河一道水中央""湖上春来似画图，乱峰围绕水平铺"这些脍炙人口的佳句，更是字字句句饱含着白居易对杭州的一片热爱之心。

hú shàng chūn lái sì huà tú　　luàn fēng wéi rào shuǐ píng pū
湖 上 春 来 似 画 图， 乱 峰 围 绕 水 平 铺。
sōng pái shān miàn qiān chóng cuì　　yuè diǎn bō xīn yì kē zhū
松 排 山 面 千 重 翠， 月 点 波 心 一 颗 珠。
bì tǎn xiàn tóu chōu zǎo dào　　qīng luó qún dài zhǎn xīn pú
碧 毯 线 头 抽 早 稻， 青 罗 裙 带 展 新 蒲。
wèi néng pāo dé háng zhōu qù　　yí bàn gōu liú shì cǐ hú
未 能 抛 得 杭 州 去， 一 半 勾 留 是 此 湖。

—— 白居易·《春题湖上》

据说，白居易在杭州刺史任满之时，奉诏回京。在他离开杭州前，特意去天竺山捡了两块石头留作念想。而当他离开的那一天，周围的百姓扶老携幼前来为他送行。人群阻断了道路，许多百姓流着泪，抓住他的马缰不肯松手。

杭州，是一个令白居易魂牵梦萦的地方，后来，他即使回到了洛阳，也无法释怀对杭州的留恋之情。

杭州，究竟是一个怎样的城市？在唐朝，没有"苏堤春晓"，没有"雷峰夕照"，或许也不曾有"南屏晚钟"，但它依然将白居易的心留在了那里。或许，我们可以跟着白居易的诗，看看能否找到香山居士当年的记忆。

## 📷 西湖

杭州以美丽的西湖著称于世。西湖位于杭州市中心，三面环山，云山秀水是西湖的底色，苏堤和白堤横于西湖之上，夕照山的雷峰塔与宝石山的保俶塔隔湖相映，湖光山色，水光潋滟，无论雨雪晴阴都能成景。"三潭印月""断桥残雪""曲院风荷"……西湖十景各有特色，白蛇、梁祝、苏小小传说令人心驰神往。

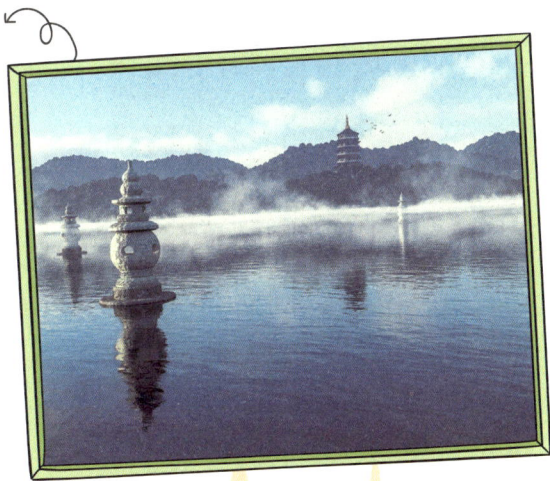

📍 晨雾中的三潭印月和雷峰塔

## 📷 灵隐寺

灵隐寺位于西湖西北面,取"仙灵所隐"之意。寺内的飞来峰因为济公而名扬天下。从咫尺西天照壁往西进入灵隐寺,先见到一座八角七层的石塔,叫理公塔,这里埋葬着灵隐寺的开山祖师慧理和尚。往右过春淙亭,一道红墙暂将灵隐寺遮住,左边便是飞来峰与冷泉,泉边漫步,景色幽深。过了冷泉之后,灵隐古刹即在眼前,康熙皇帝所题"云林禅寺"匾额高挂在天王殿上。

📍 深秋的灵隐寺

📍 雨雾中的龙井村茶园

## 📷 龙井村

龙井村因盛产顶级西湖龙井茶而闻名于世。它位于西湖风景区的西南面,拥有近800亩的高山茶园。它四周群山叠翠,云雾环绕,就如一颗镶嵌在西子湖畔的翡翠宝石。相传乾隆皇帝下江南时,曾到龙井村狮峰山下的胡公庙品尝西湖龙井茶,饮后赞不绝口,并将庙前18棵茶树封为御茶。

若是清明时来这里,还可以亲手采摘那嫩嫩的芽叶,参观那古老的茶坊,欣赏那优雅的茶艺,品尝那甜香的茶汤。

## 西溪国家湿地公园

　　杭州西溪国家湿地公园距离西湖只有 5 千米，湿地内 70% 的面积都是池塘、河港、沼泽等水域。在这里，可以看鱼、观鸟、泛舟湖上，在船上喝一杯龙井，吃几碟小点心，看夕阳西下，幸福开始变得具象化。还没玩够？不如就在公园内的酒店住下，逛逛河渚老街，散步于沼泽河堤上，感受前所未有的古朴与宁静。

西溪国家湿地公园

摇橹船在湿地公园水中前行

# 扬州

大明寺

gù rén xī cí huáng hè lóu　　yān huā sān yuè xià yáng zhōu
故人西辞黄鹤楼，烟花三月下扬州。

gū fān yuǎn yǐng bì kōng jìn　　wéi jiàn cháng jiāng tiān jì liú
孤帆远影碧空尽，唯见长江天际流。

——李白·《送孟浩然之广陵》

文昌阁　　　　　何园　　　　　瘦西湖

老朋友孟浩然要离开黄鹤楼向东远行，在阳春三月的时节里，他要去往那花木繁盛、景色美丽的扬州了。送别了好友，李白独自站在黄鹤楼遥望风帆远去的情景，江面上那只载着故人东去的船，渐行渐远，终于在水天相接的江面上消失。最后能够看到的，只剩下滔滔不绝向东流去的长江。

扬州，地处江苏省中部，南临滔滔的长江，东依静静的京杭大运河，历来就是风光秀美的风景城、人文荟萃的文化城、博大精深的博物城。李白这首脍炙人口的千古绝唱，更为扬州古城平添了无限风韵。

古诗里的春天总是最美好的，万物苏醒，春光明媚，什么都刚刚开始，什么都希望满怀。

在唐代诗人杜牧的诗歌《寄扬州韩绰判官》中，我们也能窥见唐代时扬州的繁华与风流：

qīng shān yǐn yǐn shuǐ tiáo tiáo
青 山 隐 隐 水 迢 迢，
qiū jìn jiāng nán cǎo wèi diāo
秋 尽 江 南 草 未 凋。
èr shí sì qiáo míng yuè yè
二 十 四 桥 明 月 夜，
yù rén hé chù jiāo chuī xiāo
玉 人 何 处 教 吹 箫。

读着唐诗，穿行在扬州的大街小巷，你是否能想象出，李白所在的唐代，扬州是个什么样子呢？

据史料记载，有着 2400 余年建城史的扬州，在唐代是国内除京城以外数一数二的大都市。据考证，唐代的扬州城被一分为二：一半叫作衙城，另一半叫作罗城。规模比后来宋、元、明、清的扬州都要大上许多。

安史之乱后，北方的名门望族纷纷涌入扬州，这段时期的扬州城空前繁华，有诗曾形容这里"十里长街市井连，明月桥上看神仙"。

那时的扬州，集市喧嚣，家家有井，人们安居乐业。生活富足安逸，人们的艺术欣赏水平也就逐渐提高了。诗人张若虚那首著名的《春江花月夜》，曾享有"孤篇盖全唐"的美誉，而这首诗，讲述的也就是当时发生在曲江一带月下夜景中最动人的五种事物：春、江、花、月、夜。曲江，就在扬州的南郊。自此，"浩瀚涌潮""春江明月""帘卷美人"等词成了扬州的城市符号。

chūn jiāng cháo shuǐ lián hǎi píng　hǎi shàng míng yuè gòng cháo shēng
春 江 潮 水 连 海 平 ，海 上 明 月 共 潮 生 。

yàn yàn suí bō qiān wàn lǐ　hé chù chūn jiāng wú yuè míng
滟 滟 随 波 千 万 里 ，何 处 春 江 无 月 明 。

jiāng liú wǎn zhuǎn rào fāng diàn　yuè zhào huā lín jiē sì xiàn
江 流 宛 转 绕 芳 甸 ，月 照 花 林 皆 似 霰 。

kōng lǐ liú shuāng bù jué fēi　tīng shàng bái shā kàn bú jiàn
空 里 流 霜 不 觉 飞 ，汀 上 白 沙 看 不 见 。

jiāng tiān yí sè wú xiān chén　jiǎo jiǎo kōng zhōng gū yuè lún
江 天 一 色 无 纤 尘 ，皎 皎 空 中 孤 月 轮 。

jiāng pàn hé rén chū jiàn yuè　jiāng yuè hé nián chū zhào rén
江 畔 何 人 初 见 月 ，江 月 何 年 初 照 人 ？

李白多次来到扬州，为扬州的美景所迷醉。在这里，他曾作诗赞道："绿水接柴门，有如桃花源。忘忧或假草，满院罗丛萱。暝色湖上来，微雨飞南轩。"从这首诗中可以推测出，李白所住的地方，必定极其幽静雅致，满院繁盛的花花草草，一定叫人忘却尘世烦恼，以为进入了桃花源。昏黄迷离的日光从湖面幽幽泛来，微雨洒拂，飘飘忽忽，真有羽化欲仙的感觉。

其实在当时，扬州城大部分都是这样的居所，实在令人羡慕得很。

在这么多首唐诗的描绘中，你的眼前是不是展开了一幅唐代扬州的水墨画呢？画卷之上，小桥流水，碧波轻漾，美人卷帘。泛舟湖上，沏一壶清茶，听雨度清闲。好一个惊艳的阳春三月，恐怕，李白伫立在黄鹤楼前，远望的不仅仅是他的故人孟浩然，还有那远在长江下游的扬州。

📍 阳春三月的扬州

如今的扬州，虽然没有唐代时那么繁华盛大，但春秋时代的运河、明净动人的瘦西湖、南北朝的古刹大明寺、明清时期的楼台亭阁等，无一不使古城扬州放射出夺目灿烂的光辉。

## 大明寺

　　大明寺位于扬州市蜀冈中峰。唐代名僧鉴真和尚在东渡日本前，曾在这里传经，大明寺因此名闻天下。寺中正殿供奉的鉴真坐像，闭目冥思，神态坚毅安详。大明寺不仅有佛教庙宇、文物古迹，还有秀丽的园林风光，禅意十足。

📍 扬州大明寺栖灵塔

## 瘦西湖

　　瘦西湖位于扬州市西北郊，湖水来自京杭大运河，湖上满是荷花，形成了以"荷"为主题的荷花盛景。其实瘦西湖在清代以前，叫作保障湖，清乾隆年间，诗人学者汪沆慕名来到扬州，在看到保障湖的美景后，与自己家乡的西湖进行了一番比较，于是写下了："垂杨不断接残芜，雁齿虹桥俨画图。也是销金一锅子，故应唤作瘦西湖。"从此保障湖有了新名字，并蜚声中外。

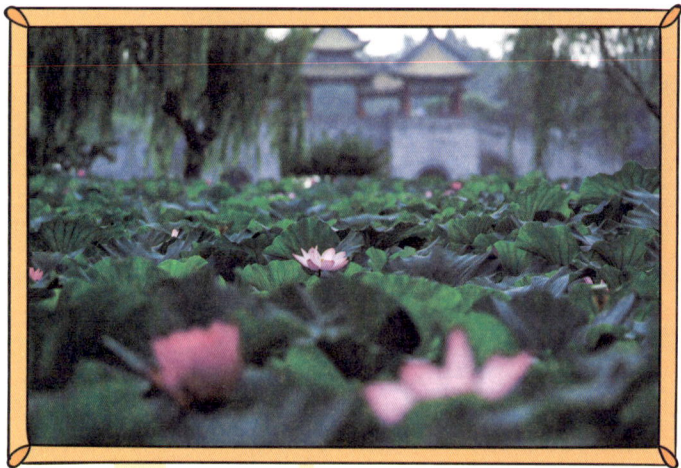

📍 莲叶满池的瘦西湖

## 📷 何园

何园又名寄啸山庄，由清光绪年间的何芷舠所造。它的主要特色是把廊道建筑的功能和魅力发挥到极致，1500米复道回廊，是中国园林中绝无仅有的精致景观，园中亭台楼阁左右分流、高低勾搭、衔山环水、登堂入室，形成全方位立体景观，把中国园林艺术的回环变化之美和四通八达之妙发挥得淋漓尽致，无愧于它"晚清第一园"的美名。

📍 扬州何园春色

## 📷 文昌阁

建于明代的文昌阁矗立在扬州闹市，原属于扬州府学建筑群，后来扬州府学不复存在，只剩下这座祀文昌帝君的文昌阁。

文昌阁为八角三级砖木结构建筑，与北京天坛的祈年殿相似。阁的底层，四面都有拱门，与街道相通，阁的第二、第三两层，四周全是虚窗。登楼四眺，远近街景，尽收眼底。

📍 飘雪中的文昌阁

# 钱塘江

bā yuè tāo shēng hǒu dì lái　　tóu gāo shù zhàng chù shān huí
八月涛声吼地来，头高数丈触山回。

xū yú què rù hǎi mén qù　　juàn qǐ shā duī sì xuě duī
须臾却入海门去，卷起沙堆似雪堆。

——刘禹锡·《杂曲歌辞·浪淘沙》（节选）

海神庙

海宁皮影戏　　钱江潮

八月，浪涛呼啸而来，那吼声就像是从地下发出的。浪头高达数丈，撞击着两岸的山崖。顷刻间，浪涛便入海而去，在岸边卷起像雪堆一样的沙堆。

　　刘禹锡的这首诗，描写的是农历八月钱塘大潮的景象。钱塘江海潮的壮观天下闻名，每年的农历八月十六至十八期间的海潮最为恢宏。当海潮从远方海口出现的时候，只像一条白色的银线一般，过了一会儿，慢慢逼近，白浪高耸，就像白玉砌成的城堡、白雪堆成的山岭一般，波涛好像从天上堆压下来，发出很大的声音，就像震耳的雷声一般。波涛汹涌澎湃，犹如吞没了蓝天，冲洗了太阳，非常雄壮豪迈。

　　其实，观赏钱塘秋潮，早在汉、魏、六朝时就已蔚成风气，至唐、宋时，此风更盛。

　　相传农历八月十八日，是潮神的生日，故潮峰最高。南宋朝廷曾经规定，这一天在钱塘江上校阅水师，以后相沿成习，每年的八月十八逐渐成为观潮节。北宋词人潘阆就在《酒泉子·长忆观潮》中记录了这一盛况：

cháng yì guān cháo　　mǎn guō rén zhēng jiāng shàng wàng　　lái yí
长 忆 观 潮，满 郭 人 争 江 上 望。来 疑

cāng hǎi jìn chéng kōng　　wàn miàn gǔ shēng zhōng
沧 海 尽 成 空，万 面 鼓 声 中。

nòng cháo ér xiàng tāo tóu lì　　shǒu bǎ hóng qí qí bù shī
弄 潮 儿 向 涛 头 立，手 把 红 旗 旗 不 湿。

bié lái jǐ xiàng mèng zhōng kàn　　mèng jué shàng xīn hán
别 来 几 向 梦 中 看，梦 觉 尚 心 寒。

实际上，钱塘秋潮一直处于变化之中，人们的观潮点也在不断变化。

宋时的观潮点在杭州市区南面和西南面的庙子头到六和塔一带。明朝以后，海宁的盐官镇附近变成了观潮胜地。

海宁潮，亦称浙江潮，又称钱江潮，被誉为"天下奇观"。"一线横江"便是当年海宁潮的真实写照。那么你知道为什么钱塘江大潮会这么大呢？为什么其他地方无法形成这种大潮呢？

其实呀，钱塘江潮水是在月亮、太阳的引力，还有地球自转产生的离心力作用下形成的。而这种科学现象，早在东汉时期就被哲学家王充发现了，他首次提出了"涛之起也，随月盛衰"的论断。

杭州钱塘江大桥

白居易曾作诗道："早潮才落晚潮来，一月周流六十回。"钱塘江每日有早晚两潮，农历初一、十五子午潮，半月循环一周，尤其在农历初一至初五、十五至二十的潮水最大，所以一年有 120 个观潮佳日。大家来钱塘江观潮时，不仅要注意观潮时间，也要选对观潮的地点哦。

海宁之所以是观潮胜地，与它独特的地理条件有关。钱塘江到杭州湾，是一个非常典型的喇叭状海湾。出海口东面宽达 100 千米，到海宁盐官镇一带时，江面只有 3 千米宽。起潮时，宽深的湾口，一下子吞进大量海水，由于江面迅速收缩变浅，夺路上涌的潮水来不及均匀上升，便后浪推前浪，一浪更比一浪高，形成了陡立的水墙。

世界一绝的钱江潮，是大自然的恩赐。人们来到海宁，不为其他，只为能亲自看一眼那千百年来无数文人骚客为之倾倒的钱塘江大潮。

### 📷 海神庙

海神庙位于海宁市盐官镇春熙路东端，是雍正时期建造的，结构仿造了故宫太和殿，因此又有"银銮殿"之称。

海神庙祭祀的是传说中的浙海之神。海神像矗立在正殿中，左右两侧是钱镠、伍子胥的雕像。正殿后面有一座御碑亭，汉白玉的御碑高达五米，碑身一面刻着雍正皇帝的《海神庙碑记》，另一面刻着乾隆皇帝的《阅海塘记》。

📍 海宁盐官镇海神庙御碑

## 钱江潮

　　海宁市的盐官镇为观看钱江潮最佳景区。当涌潮西行至此，涌浪如突兀而起的醒狮，化成一股水柱，直冲云霄，高达十余米。由于大坝的横江阻拦，直立的潮水又折身返回，形成"卷起沙堆似雪堆"的奇特回头潮，而此时江水前来后涌，上下翻卷，奔腾不息，恢宏澎湃的震撼景象绝对令人终生难忘。

📍 海宁市盐官镇观潮

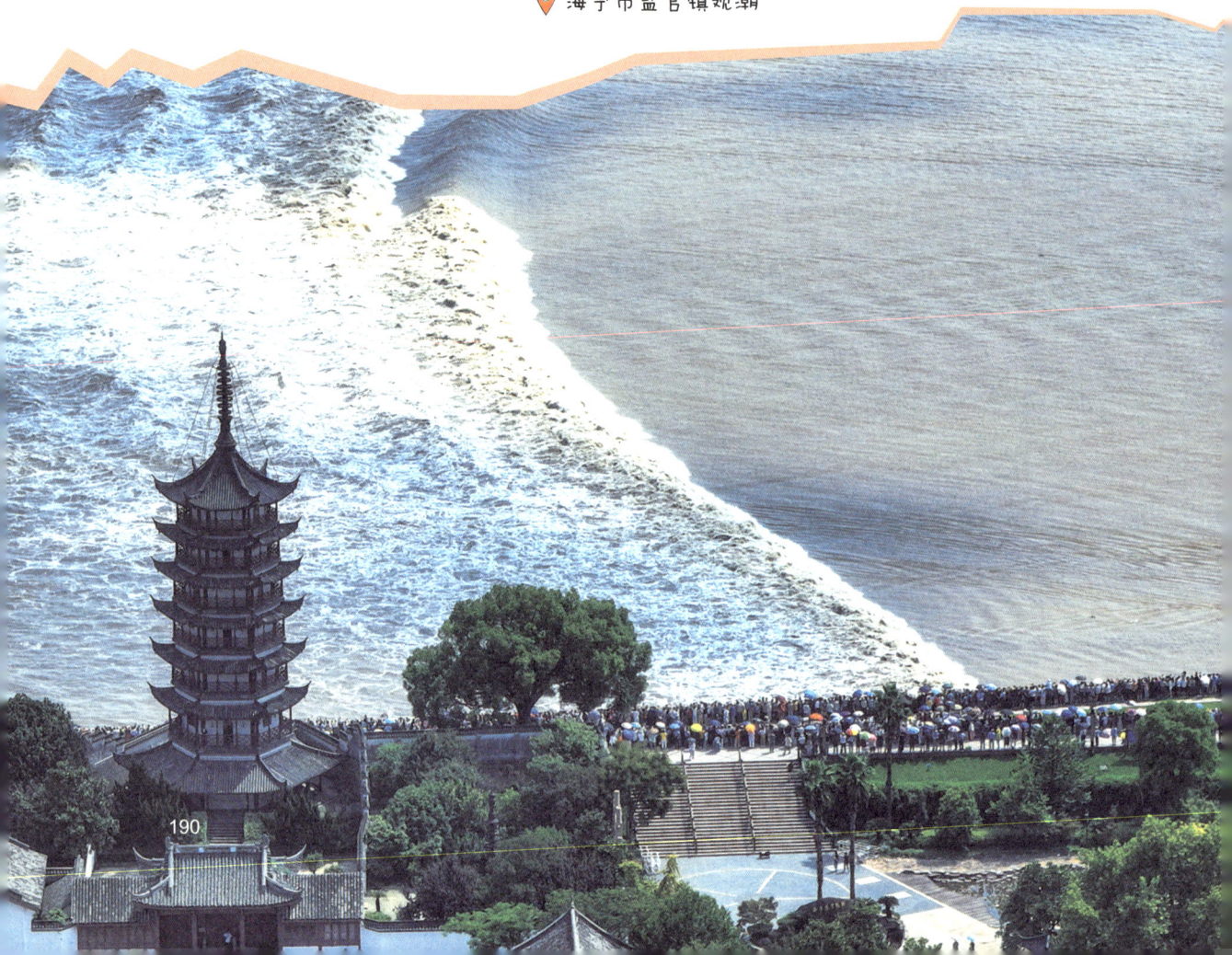

## 海宁皮影戏

海宁皮影戏是国家级非物质文化遗产之一，南宋时期传入海宁，保留了北方皮影戏的演艺、声腔、造型、舞美等传统样式，又融合了昆腔和江南丝竹，形成了海宁皮影戏既高亢激昂，又柔美抒情的独特曲调。

皮影人偶

水宿烟雨寒，
洞庭霜落微。

此行不为鲈鱼鲙，
自爱名山入剡中。

**太湖**

**嵊州**

稽山无贺老，
却棹酒船回。

**会稽山**

天姥连天向天横，
势拔五岳掩赤城。

天姥山

问我今何去，
天台访石桥。

天台山

第七辑：吴越山水
——梦里寻它千百度

# 太湖

shuǐ sù yān yǔ hán　　dòng tíng shuāng luò wēi
水宿烟雨寒，洞庭 霜 落微。

yuè míng yí zhōu qù　　yè jìng hún mèng guī
月明移舟去，夜静魂 梦归。

àn jué hǎi fēng dù　　xiāo xiāo wén yàn fēi
暗觉海风度，萧萧 闻雁飞。

——王昌龄·《太湖秋夕》

鼋头渚

同里古镇　　　宜兴善卷洞　　　无锡灵山
　　　　　　　　　　　　　　　　　大佛

深秋的一个夜晚，诗人王昌龄夜宿在太湖的一条小船上。清冷的月光下，这只小船在水上慢慢地随波漂动。夜，是如此的安静，湖面渐渐泛起了一片寒气，太湖上的洞庭山落下了一层微霜。王昌龄似睡非睡，似梦非梦，他隐隐约约感到阵阵海风吹过，听到远处传来一阵大雁飞翔的声音。真是一幅宁静的太湖秋夕图啊。

随着洞庭湖湖面的缩减，太湖逐渐超越它成为中国第二大淡水湖。太湖的形态，好似一弯新月流露出一种不假雕琢的自然美，素有"太湖天下秀"的美名。而这首《太湖秋夕》，更是在不经意间，描绘了无锡太湖烟雨的宁静与安详，这种如画之美，伴随着古诗的流传，沉淀至今。

在来太湖之前，你可能已经看过了太多的山山水水，如果你已经对山水兴致缺缺，那么接下来这个有关石头的故事，一定会重新吸引你的目光。

故宫里的太湖石

太湖除了诗中所述有"霜微落"之美，更有令天下人啧啧称奇，甚至争相收藏的太湖奇石。太湖石曾是皇家园林的布景石材，它是由大自然的鬼斧神工"雕刻"而成的。它们大多玲珑剔透，奇形怪状，有的石头还有艳丽的颜色、灵秀飘逸的花纹，而且太湖石的形态永不重复，一石一座都浑然天成，是叠置假山、建造园林、点缀环境的上佳选择。这些超凡脱俗的特征，都让收藏者为之疯狂。

唐代的诗人吴融作了一首《太湖石歌》，来描绘太湖奇石的魅力：

dòng tíng shān xià hú bō bì　　bō zhōng wàn gǔ shēng yōu shí
洞 庭 山 下 湖 波 碧，波 中 万 古 生 幽 石。

tiě suǒ qiān xún qǔ dé lái　　qí xíng guài zhuàng shuí dé shí
铁 索 千 寻 取 得 来，奇 形 怪 状 谁 得 识。

白居易也曾作过一篇《太湖石记》，其中评价：可供玩赏的石头有各种类别，唯有太湖石是甲等，罗浮石、天竺石之类的石头都次于太湖石。

太湖石从晋代开始就有人赏玩，到唐代更是成了潮流。唐代身居相位之尊的牛僧孺就是一个酷爱收藏太湖石的人。据说，他甚至到了"待之如宾友，亲之如贤哲，重之如宝石，爱之如儿孙"的地步，就连好友白居易也称奇不已。

北京圆明园中就曾有一方太湖石，乾隆御题其为"青莲朵"，后来英法联军烧毁了圆明园以后，这方奇石一度被陈列在北京中山公园，如今它作为镇馆之宝被安置在中国园林博物馆。

中国园林博物馆大厅里的青莲朵

不过，这么多瑰丽神奇的太湖石，究竟是怎么来的呢？在这么多湖泊之中，为何又只有太湖之中形成怪异又富有个性的奇石呢？这或许跟太湖的形成原因有关吧。

太湖，在中国古代又被称为震泽，它的成因一直是个谜。近几年来，"太湖是陨石冲击坑"的假说得到了许多人的关注。据说，太湖大概是在1万年前，由一个体积庞大的"天外来客"冲击而成。

而这个假说，如今得到了一些专业证据的证实。

在太湖的一次排水清淤工程中，几位陨石爱好者在湖底沉积的淤泥之中，发现了一些含铁质的石棍，还有一些形状怪异的石头，他们怀疑是陨石。

后来，经过专家的鉴定分析，证实了这个推测。这些陨石是太湖被"砸"出来的重要证据。

尽管太湖的形成还有各种各样其他的说法，但对于太湖石的来历，却没有比"天外来客"的造访更有说服力了。

太湖，一直是一个富有传奇色彩的地方。自古以来所说的"五湖四海"，"五湖"其中之一便是太湖。但随着近些年环境的不断恶化，太湖水面面积越来越小，所以我们还是趁着太湖尚且隽秀，赶紧去一睹其风采吧。

📍 鼋头渚风景区

📷 **鼋头渚**

    鼋头渚是太湖西北岸无锡境内的一个半岛，因有巨石突入湖中，状如神龟翘首而得名，是太湖风景名胜区的主要景点之一。1918 年，鼋头渚始建园林，达官贵人纷纷在鼋头渚附近营造私家花园和别墅，后来这里便合并成了规模宏大的山水园林盛景，有山、有水、有树、有花、有亭台楼阁……在樱花盛开的季节，3 万多株的樱花树，为小岛戴上一条粉色项链。

📷 **无锡灵山大佛**

    灵山大佛坐落于太湖之滨的小灵山地区，这里原是唐宋名刹祥符寺的旧址。相传玄奘取经归来路过这里，被这里景色震撼，大赞这里像天竺国的灵鹫山似的，于是起名"小灵山"。矗立在小灵山南麓的大佛通高 88 米，大佛脚下的台阶叫作"登云道"，共 216 级，七个平台，象征着"救人一命，胜造七级浮屠"。

📍 无锡市灵山景区里的灵山大佛

## 📷 宜兴善卷洞

太湖附近的无锡宜兴自古多溶洞，故称"洞天世界"。这些溶洞千姿百态、神奇古怪，尤以洞龄 3 万多年的善卷洞最具特色，这里的溶洞五光十色、洞洞相连，还能在洞中乘船游览。进入山洞，就像走进了地底世界一样，神秘感十足。

📍 宜兴善卷洞

## 📷 同里古镇

同里古镇位于太湖往东 10 千米左右的苏州市吴江区，古镇始建于宋代，明清两代的建筑众多，古镇古朴精致，以"小桥、流水、人家"著称。如果你也喜欢江南烟雨下的白墙青瓦，游玩太湖后记得来同里古镇逛逛吃吃哦。

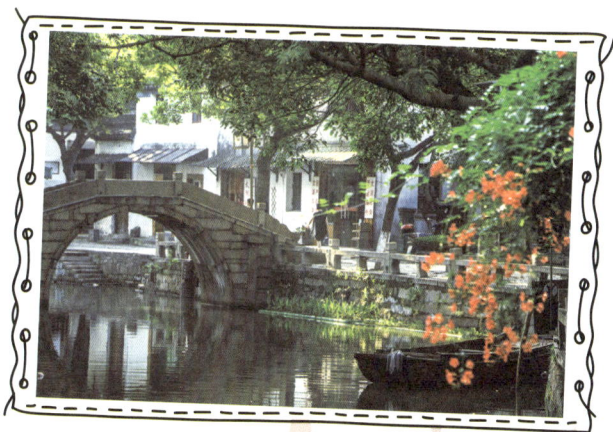

📍 充满生活气息的古镇一角

嵊州

嵊州南山

shuāng luò jīng mén jiāng shù kōng　　bù fān wú yàng guà qiū fēng
霜 落 荆 门 江 树 空， 布 帆 无 恙 挂 秋 风。
cǐ xíng bú wèi lú yú kuài　　zì ài míng shān rù shàn zhōng
此 行 不 为 鲈 鱼 鲙， 自 爱 名 山 入 剡 中。

——李白·《秋下荆门》

王羲之
归隐地

崇仁古镇

秋叶凋零，白霜落在荆门的地面上，诗人李白乘着秋风，踏着帆船，旅途一路顺遂。这一次远离家乡的旅行，并不是为了品尝美味的鲈鱼鲙，而是因为向往美好的风景，才想去越地的嵊州一睹名山的风采啊。

曾有人说："东南山水越为最，越地风光剡领先。"以此来赞美嵊州的大好风光。剡中就是指今浙江省嵊州市一带。这里名山环抱，溪流潺潺，早在晋代就成为各界名流游览隐居的好地方。

不仅诗仙李白情系嵊州，谢灵运、杜甫也都钟情嵊州，他们曾乘舟到剡溪之中，饱览"山色四时碧，溪光十里清"的大好风光。

嵊州虽曾接纳名士无数，却和诗仙的缘分最为深厚。唐开元十二年，也就是公元724年，当时的诗仙李白才24岁，他年少自负，豪情万丈，胸怀"四方之志"，仗剑辞亲远行。那时他最主要的目的地就是嵊州。而这首《秋下荆门》，也正是此时所作。

如果说，人与人的缘分是前世回眸所定，那李白和嵊州的缘分，却不知要回眸多少次才能换到。

两年之后的夏天，李白从扬州乘船沿京杭运河南下。他先到达会稽，也就是今天的绍兴，又从绍兴沿曹娥江上行到达嵊州。然后，他满怀激情，在《别储邕之剡中》这首诗中描写了这次旅行的全过程。

jiè wèn shàn zhōng dào　dōng nán zhǐ yuè xiāng
借问剡中道，东南指越乡。

zhōu cóng guǎng líng qù　shuǐ rù kuài jī cháng
舟从广陵去，水入会稽长。

zhú sè xī xià lù　hé huā jìng lǐ xiāng
竹色溪下绿，荷花镜里香。

cí jūn xiàng tiān mǔ　fú shí wò qiū shuāng
辞君向天姥，拂石卧秋霜。

在嵊州，李白做了许多事，他结识了剡县县尉窦公衡，又寻访了仰慕已久的王羲之遗踪，还探访了谢灵运的石门故居。在这里，他完成了人生中的第一个梦想——访名士，游名山。但李白志在四方，很快就离开嵊州，前往他人生的下一个目的地。

他去了哪儿，做了什么，在这里并不重要，重要的是，他的身体虽离开了嵊州，但他的心，却被牢牢地拴在了这儿，以至于每当他苦闷忧郁时，思念嵊州便成为他挣脱苦闷的方法之一。

公元742年，李白应召入京，因满腹才华而受到唐玄宗的礼遇。但有才之人却必定孤傲，他遭到权贵们的排挤，入京不到两年便离开了京城。

四年之后，李白的苦闷随着对嵊州的思念倾泻如注，他在那首著名的《梦游天姥吟留别》中毫不掩饰地表达了对嵊州的深深眷恋："我欲因之梦吴越，一夜飞度镜湖月。湖月照我影，送我至剡溪。"

嵊州市剡溪日出

嵊州，值得李白一生牵肠挂肚，即便是安史之乱爆发之际，空怀一身本领的他，却无报国之门，这样苦闷的心情，最后还是在嵊州的山水中得到了治愈。他在南下嵊州的途中，作诗一首：

hū sī shàn xī qù　　shuǐ shí yuǎn qīng miào
忽思剡溪去，水石远清妙。
xuě jìn tiān dì míng　　fēng kāi hú shān mào
雪尽天地明，风开湖山貌。

—— 李白·《经乱后将避地剡中留赠崔宣城》（节选）

俗话说得好，江山何处不风流？文人雅士为何偏偏钟情这小小的嵊州呢？

如果非要一个解释，也许只能归因于所谓的"名人效应"了。嵊州自古便是佛道圣地，早在唐代以前，就有许多名人会聚于此。据说，秦始皇曾派人在剡山挖坑以泄王气，王羲之钟爱此处的独秀山，而大禹治水的禹溪也在此处。

或许，我们与其说文人雅士是在追逐这里的名山胜景，不如说他们是在追逐这里的魏晋遗风和那些流传于民间、经久不衰的传说故事。

## 嵊州南山

　　南山以秀峰、林海、丽湖为其特色，是江南最大的火山大峡谷，曾是古火山喷发通道。南山湖四周古木参天，山清水秀，怪石随处可见，如果我们从不同的角度观赏，还能发现石头的形状也随之变幻。站在高处远眺，能看到阡陌纵横，村舍点缀其间，一派江南的田园风光。

📍 嵊州市南山湖畔

## 崇仁古镇

崇仁古镇在嵊州市区西北方，背倚五龙山，长善溪穿镇而过。这里是美丽幽静的江南古镇，距今已有千年历史。古建筑连片成群，群内庙宇、祠堂、古戏台、民居、牌坊、药铺、桥梁、水井一应俱全，蕴含着江南水乡的安逸和雅致。

📍 嵊州市崇仁古镇一角

## 王羲之归隐地

王羲之归隐地位于嵊州市市区东 25 千米的金庭镇。这里四面环山，王羲之墓坐落在这幽静的山谷之中，建筑群内有金庭观、书圣殿、右军祠、雪溪书院、潺湲阁等。这里每年都会举行书法朝圣节，届时处处飘着浓浓的诗情和墨香。

📍 嵊州市王羲之墓

# 天姥山

新昌
大佛寺

hǎi kè tán yíng zhōu　　yān tāo wēi máng xìn nán qiú
海 客 谈 瀛 洲 ， 烟 涛 微 茫 信 难 求 。

yuè rén yǔ tiān mǔ　　yún xiá míng miè huò kě dǔ
越 人 语 天 姥 ， 云 霞 明 灭 或 可 睹 。

tiān mǔ lián tiān xiàng tiān héng　　shì bá wǔ yuè yǎn chì chéng
天 姥 连 天 向 天 横 ， 势 拔 五 岳 掩 赤 城 。

tiān tāi sì wàn bā qiān zhàng　　duì cǐ yù dǎo dōng nán qīng
天 台 四 万 八 千 丈 ， 对 此 欲 倒 东 南 倾 。

——李白·《梦游天姥吟留别》（节选）

天烛湖

双林石窟

海外来客谈论瀛洲仙山的美妙景致，实在令人神往，虽美却难以追寻。而越人所说的天姥山虽然时明时暗，但透过扑朔迷离的云霞，却是可以看见的。天姥山高耸入云，横贯天际，气势简直超出了五岳而盖压赤城山。与天姥山毗邻的天台山虽然高达四万八千丈，但与天姥山的雄奇壮观相比，却矮小得像要倾倒在天姥山的东南角一样。

天姥山临近剡溪，传说是因登山的人曾听到过天姥的歌唱而得名，这天姥便是传说中的王母。李白的这首《梦游天姥吟留别》，虽写他梦游时所见的奇景，却在缥缈虚无的神仙世界里，撒下一颗颗现实的种子。这诗亦真亦幻，让人无法辨别，天姥山，究竟是真的存在于天地之间，还是仅仅矗立于诗仙的梦境之中？

📍 冬季天姥山残雪

当我们真的背起行囊，开始追随诗仙之路，寻找天姥山的身影时，却发现，这首唐诗中扬名中外的"连天名山"，在现实中看上去只是浙江省新昌县境内的一座普通山脉，它并无宏伟的气势，也不似黄山那般景色秀丽怡人，甚至很多人可能从它脚下路过，都没有意识到，这就是千年前诗人们曾经倾情赞颂的文化圣山。

天姥山，是真的曾经闻名四方，还仅仅只是诗人在梦中的念想？如果仅仅只是诗人梦中所臆，却又为何有李白、杜甫、白居易等一批接一批的文人雅士寻访到此，乐此不疲地将天姥山推到一个无比崇高的理想境界？

甚至杜甫在诗歌《奉先刘少府新画山水障歌》中还将天姥山的种种真实的细节刻画得如此鲜活，如前夜的风雨，耳边的猿啸，亭边的杂花，孤舟上的渔翁，临江的斑竹等等。

> qiǎo rán zuò wǒ tiān mǔ xià　　ěr biān yǐ sì wén qīng yuán
> 悄然坐我天姥下，　耳边已似闻清猿。
>
> fǎn sī qián yè fēng yǔ jí　　nǎi shì pú chéng guǐ shén rù
> 反思前夜风雨急，　乃是蒲城鬼神入。
>
> yuán qì lín lí zhàng yóu shī　　zhēn zǎi shàng sù tiān yīng qì
> 元气淋漓障犹湿，　真宰上诉天应泣。
>
> yě tíng chūn huán zá huā yuǎn　　yú wēng míng tà gū zhōu lì
> 野亭春还杂花远，　渔翁暝蹋孤舟立。
>
> cāng làng shuǐ shēn qīng míng kuò　　qī àn cè dǎo qiū háo mò
> 沧浪水深青溟阔，　欹岸侧岛秋毫末。
>
> bú jiàn xiāng fēi gǔ sè shí　　zhì jīn bān zhú lín jiāng huó
> 不见湘妃鼓瑟时，　至今斑竹临江活。

唯一的解释只能是，早在千年以前，天姥山便是中国文化界的精神乐园，是中国文人墨客心中的文化圣地。数以百计的诗人曾经到这里隐居或仙游，在浙东地区，留诗最多的就要数天姥山了，所以还有一句俗语来盛赞天姥山，"一座天姥山，半部全唐诗"。

奇怪的是，自宋之后这座神奇的名山却逐渐在历史的喧嚣之中沉寂了下来，然后，任由人们将它淡忘。

　　天姥山，就好像名山中的"蒙娜丽莎"一般，它是那么出名，却又那么神秘。它曾被无数的唐诗歌颂，被无数的名人踏访，但时至今日，当其他受到古人推崇的名山仍然炙手可热之时，它却如一株无根的浮萍，消失在了我们的视野中。天姥山的一切，以及它失落的原因，令人费解。

　　无论出于何种理由渐渐隐匿，数千年前，这座东方名山都曾耀眼地霸据这东南一隅，曾经在诗仙的梦中与天比邻，曾经承载了无数诗人的梦想与追求。至少我们今时今日，还能在诗仙的豪言壮语中找到它的身影。

　　天姥山的风姿虽妙，山下的新昌县里也有不少值得一去的著名景点。游罢天姥山，记得也去新昌县感受一下那里的风景吧。

📍 新昌大佛寺

## 📷 新昌大佛寺

　　新昌大佛寺位于南明山与石城山之间的山谷之中，寺院依山而建，以石窟造像为特色，寺内有一尊 1600 多年历史的巨大弥勒佛石像，石像雕凿于悬崖绝壁之中，通高 16.3 米，历时约 30 年才全部雕成。

📍 新昌大佛寺弥勒佛石像

新昌大佛寺的"亚洲第一卧佛"

## 双林石窟

双林石窟是大佛寺风景名胜区新建的景点，在明清时期曾经是采石场，后来在这里修筑栈道、开凿隧洞、依山造佛。双林石窟于岩体中开凿出一尊长37米，高9米的精美卧佛，与自然山体融为一体。

## 天烛湖

天烛湖距离新昌县城约7千米。当我们乘着龙舟畅游在天烛湖里，能看到沿途碧波荡漾，石林姿态万千，密密的松林中似有一支巨大的蜡烛立在山崖上，顶端的一棵柏树恰似蜡烛的火苗在熊熊燃烧。上岸后，漂亮的竹楼、饭馆、茶楼、旅店一应俱全，是逃离城市喧嚣的好去处。

新昌天烛湖风光

# 天台山

天台山
国家级风景名胜区

guà xí dōng nán wàng　qīng shān shuǐ guó yáo
挂席东南望，青山水国遥。

zhú lú zhēng lì shè　lái wǎng jiē fēng cháo
舳舻争利涉，来往接风潮。

wèn wǒ jīn hé qù　tiān tāi fǎng shí qiáo
问我今何去，天台访石桥。

zuò kàn xiá sè xiǎo　yí shì chì chéng biāo
坐看霞色晓，疑是赤城标。

——孟浩然·《舟中晓望》

蟠滩古镇　　临海古城墙　　济公故居

诗人乘着船在拂晓时出发，迎着朝阳向东南方眺望。但山高水远，目的地尚在很遥远的地方，只好抓紧赶路。诗人想到今天起航前，在舳舻船上卜了一卦，卦象显吉，心情就更好了。如果要问，诗人今天如此兴致勃勃，是要到哪里去？他是要去天台山踏访那些被称为胜迹的石桥。看，朝霞映红的天际，是那样璀璨美丽，那里大约就是赤城山尖顶所在的地方吧。

四年前，李白在天台山的脚下，写下了著名诗篇《梦游天姥吟留别》。现在，孟浩然又来到此处，写下了同样著名的诗篇《舟中晓望》。不同的是，李白所望，望的是天姥山，而孟浩然在舟首所"望"，"望"的是天姥山的邻居——天台山。而这首《舟中晓望》，记载着他沿着曹娥江探访天台山的心情和旅程。

天台山是佛教圣地，早在公元 570 年，南朝梁佛教高僧智顗便在此建寺，创立佛教著名的天台宗。公元 605 年，隋炀帝建国清寺，清雍正年间重修，国清寺现为中国保存最完好的著名寺院之一。

这里山清水秀，曾令无数骚人墨客为之倾倒。在唐之前，东晋文学家孙绰就曾这样描绘天台山："天台山者，盖山岳之神秀者也。"而到了唐代，李白虽以天台山来侧面抬高天姥山，但他也曾为天台山写下绝妙诗句。

龙楼凤阙不肯住，飞腾直欲天台去。

碧玉连环八面山，山中亦有行人路。

青衣约我游琼台，琪木花芳九叶开。

天风飘香不点地，千片万片绝尘埃。

我来正当重九后，笑把烟霞俱抖擞。

明朝拂袖出紫微，壁上龙蛇空自走。

—— 李白·《琼台》

在诗仙之前，王羲之、谢灵运都曾流连在此，而诗仙之后，孟浩然、朱熹、陆游、康有为等名士硕儒都在天台山留下了深深的足迹。就连踏遍三山五岳的徐霞客，在他的《徐霞客游记》中，也赫然以《天台山游记》作为全书起始。

天台山之上，有着画不尽的奇石、幽洞、飞瀑，也有那无法一一道来的古木、名花、珍禽，这里虽无五岳之气势磅礴，却仙风道骨，有着其他名山大川无法比拟的吸引力。

你看过济公和尚的故事吧，他一身破衣烂衫，拿着一把破蒲扇，救济穷人，惩治恶霸，神通广大。这样富有传奇色彩的人物，你是不是以为只是神话里的人物呢？

其实，在历史上真的有济公和尚哦，天台山，正是济公和尚的故乡。

浙江省台州市天台山琼台仙谷

济公原名李修缘，自小便受到天台山佛道文化的熏陶，在父母去世之后，便先后在天台山的国清寺、杭州的灵隐寺拜师学佛，法号"道济"。现如今，在天台境内，还依然留有济公亭、赤城山瑞霞洞等纪念他的遗迹。

以古、幽、清、奇为特色的天台山，各景天然成趣，别具一格，各擅其胜，美不胜收。而下了山后，隶属台州市的临海有一道南长城之称的古城墙，以及仙居的皤滩镇，也是十分著名的景点，这些景点也都大有来历，若有时间的话，一定要前往一看呀。

## 天台山国家级风景名胜区

　　天台山景区位于浙江省台州市天台县，景区内峡谷幽深、怪石嶙峋、雾气缭绕，"中华第一高瀑"呼啸着喷涌而下，色如霜雪，势若奔雷。登上天台山顶，还能观东海日出，欣赏藏在浓厚云雾间的丛丛花海。整个风景区又分成了13个小景区，每处景色都天然成趣，可以让你兴致勃勃地逛上整整一天！

📍 天台山大瀑布

## 济公故居

　　济公故居在他的出生地永宁村，景区内宅第街坊与楼台亭阁水榭园林荟萃一体，内有佛国灵气，外有仙山精华。故居府宅院错落有致，有着典型的浙东民居特色。这里亭园楼阁美轮美奂，树一邑古建之高标。

📍 台州天台县济公故居古建筑

## 📷 临海古城墙

临海古城墙素有"江南八达岭"之称，已有1600多年的历史。城墙有三分之一的长度是沿着灵江修筑，台州府城正位于灵江入海口处，江水与潮水相碰，水位升高，时常漫上城来。城墙有如大堤，能够抵抗洪水，起到了防洪的作用。

📍 台州府城临海古城墙

## 📷 皤滩古镇

皤滩古镇位于台州市仙居县皤滩乡。早在公元998年以前，这里就因水路便利成为永安溪沿岸的一个繁华集镇，现如今是一个完整的商贸古镇。长2000多米的古街旁，唐、宋、元、明、清时代的建筑保存完整，店铺、码头、客栈、戏台、当铺、书院义塾、祠堂庙宇一应俱全。

📍 台州市仙居皤滩古镇

# 会稽山

大禹陵

yù xiàng jiāng dōng qù　　dìng jiāng shuí jǔ bēi
欲 向 江 东 去 ， 定 将 谁 举 杯 ？

jī shān wú hè lǎo　　què zhào jiǔ chuán huí
稽 山 无 贺 老 ， 却 棹 酒 船 回 。

——李白·《重忆一首》

鲁迅故居　　　　　　　　　　　　　　香炉峰

这些时日得空，诗仙李白想去往江东拜访老友贺知章，他决定到那里之后，一定要和老友痛饮几杯。然而，他在中途却得到了贺知章已仙逝的消息。既然如此，江东再也无人可尽酒兴，只得将船掉头，郁郁而返。

我们无法感同身受，李白是在何种心情下作出此诗，但短短四句，20 个字之中，却无不渗透着一种深深的惆怅。来时兴奋、喜悦的心情，一瞬之间变成了悲痛、伤感。好友的音容笑貌尚在眼前，但整个会稽山却再也遍寻不到他的身影了。

浙江省绍兴市会稽山

会稽山，这个让李白流连忘返、睹物思人的地方，早在隋代，就曾被列入中国"四镇"之一。

自南朝以来，这里的秀丽风光就令人赞叹有加，许多文人墨客从天姥山、天台山下来之后，便会泛舟若耶溪，移步会稽山，继续泼洒笔墨，给人们留下无数锦绣华章。

南朝诗人王藉咏会稽山的诗句"蝉噪林逾静，鸟鸣山更幽"传诵千古。晋代顾恺之也曾说会稽山"千岩竞秀，万壑争流，草木葱茏其上，若云兴霞蔚"。王羲之召集了 42 名家族子弟和名士在会稽山举办了首次兰亭雅集，在这里留下了著名的《兰亭集序》。

宋代诗人陆游曾在冬日拥着暖炉，期待会稽山的雪景。

jí yǔ kuáng fēng mù bù shōu  liáo lú xīn nuǎn fù hé yōu
急雨狂风暮不收，燎炉薪暖复何忧。

rú qīng liàn yàn é huáng jiǔ  sì yōng méng róng hú bái qiú
如倾潋滟鹅黄酒，似拥蒙茸狐白裘。

dà zé jī hóng lái wàn lǐ  gāo chéng chuán lòu guò sān chóu
大泽羁鸿来万里，高城传漏过三筹。

míng zhāo huì kàn jī shān xuě  mò wèi chōng hán qiè shàng lóu
明朝会看稽山雪，莫为冲寒怯上楼。

—— 陆游·《拥炉》

毫不夸张地说，中华上下五千年，会稽山内的山山水水无不饱含着深厚的历史底蕴。

据说，公元前22世纪，过家门而不入的上古治水英雄禹，就是在绍兴会见万国诸侯，开创夏朝，会稽从此名震华夏，成为中华文明的象征。而且，禹王一生中的四件大事：封禅、娶亲、计功、归葬都发生在会稽山，而这里更是传说中禹王的长眠之地。

从此以后，会稽山就成了中国历代帝王加封祭祀的名山，华夏历史对山脉的崇拜，始于会稽山。

可是时过千年，到了现代，除了生活在当地的老人们，其余地方的人似乎都将这个名震千年的地方忘记了。人们更多提及的，是会稽山的老酒，而不是铭刻在它身上的诗词，以及诗人们流连在此的那份喜悦、忘情、洒脱和才气。

这是个有才气、有灵气的地方，尽管时至今日，我们的脑海之中已充斥着无数的名山大川、高原胜地，甚至是西域奇观的名字，但我们的目光，依然无法停止搜寻更有灵气的地方。

因为我们知道，灵气，并不在于这个地方多有名，也不在于它的景色有多美。有灵气的地方，当你接近它时，会无法自拔地被它吸引，而它必定是有内涵的。

就好像有的地方，它的景色美艳无比，但像一道容易吃腻的大餐，匆匆而过之后，却再也不想踏足；而另一些地方，就像一道道清粥小菜，初见虽略显平淡，但离开之后，却禁不住一再思念。

会稽山的风光虽只如江南之"小家碧玉"，但它深厚内敛的底蕴，却扎扎实实透露着一股大家风范。

会稽山大禹陵景区

## 📷 大禹陵

　　大禹陵，位于绍兴城东南稽山门外会稽山麓，相传是古代治水英雄禹的葬地。进入景区，经过九龙坛就能看到巨大的石牌坊，镌刻着"大禹陵"三字。再往里走，在禹庙前有一个水池，那是贺知章所定的放生池，名为禹池。进入禹庙，沿着石板路的甬道上山，即可抵达大禹陵碑亭。景区内还有禹祠、享殿、大禹铜像等建筑，在群山、奇峰环抱中尽显凝重与壮观。

## 📷 香炉峰

　　香炉峰位于大禹陵的西边，从大禹陵出发有三处可上山。沿着石阶盘旋而上，沿途路过大大小小多个殿宇，到达顶峰后会见到有形似香炉的岩石，每逢云雨天气，山顶雨雾迷蒙，烟霭缭绕，有"炉峰烟雨"之称。

会稽山香炉峰

## 鲁迅故居

绍兴鲁迅故居位于绍兴市东昌坊口（今鲁迅路 208 号），在鲁迅纪念馆的西侧，纪念馆东侧则是我们在课文中读到的三味书屋。

鲁迅故居共有 80 余间房子，连后园的百草园在内一共占地 4000 平方米。鲁迅在这里一直生活到 18 岁，后去南京求学，回故乡任教也基本上居住此地。

绍兴市三味书屋

绍兴鲁迅故居的百草园

昔在九江上，
遥望九华峰。

九华山

日照香炉生紫烟，
遥看瀑布挂前川。

庐山

黄山四千仞，
三十二莲峰。

黄山

相看两不厌，
只有敬亭山。

潮平两岸阔，
风正一帆悬。

敬亭山

北固山

第八辑：南国名山
——千山万水总是情

庐山

rì zhào xiāng lú shēng zǐ yān
日照香炉生紫烟，

yáo kàn pù bù guà qián chuān
遥看瀑布挂前川。

fēi liú zhí xià sān qiān chǐ
飞流直下三千尺，

yí shì yín hé luò jiǔ tiān
疑是银河落九天。

——李白·《望庐山瀑布》

五老峰

芦林湖

锦绣谷

三叠泉
瀑布

这一天，天气晴好，李白乘兴外出。他望向香炉峰的位置，发现香炉峰在阳光的照射下，好像生起了紫色的烟霞，远远望去，飞溅的瀑布好似一条白色绸缎悬挂在山前。这瀑布从高崖上倾泻而下，仿佛有三千尺那么长，让人恍惚之中以为是银河从天界落到了人间。

这是多么震撼的画面啊！如梦似幻，美得令人啧啧称奇。在《太平寰宇记》中曾提到，香炉峰在庐山西北，峰顶尖圆，上方有烟云时聚时散，如同一个被放置在山顶的香炉。如果没有诗人的想象力，香炉峰的惊艳程度将被大打折扣。

📍江西九江庐山秀峰瀑布，即李白诗中所描写的瀑布

庐山，究竟是本身就如此多姿多彩，还是仅在诗仙李白的极力渲染之下，才变得令人遐想，变得摇曳多姿了呢？

当我们来到庐山后，答案才变得明朗起来。

庐山多变的面貌，跟它的地质构成有关。这是一座崛起于平地的巍峨的孤立山系。它雄奇险秀，峰型多变，是罕见的大江、大湖、大山浑然一体的所在，就像是一幅魅力非凡的天然立体山水画。

庐山，不但山峰景物有千般变化，属于它的文化也是丰富多彩，文人登临此处，留下的诗词书画令人目不暇接。

自东晋以来，很多诗人以其豪迈激情、生花妙笔，歌咏庐山。

东晋诗人谢灵运的《登庐山绝顶望诸峤》、南朝诗人鲍照的《望石门》等，都是中国早期的山水诗。诗人陶渊明一生以庐山为背景进行创作，那篇著名的《桃花源记》，便是为庐山康王谷所作。诗仙李白，曾五次游历庐山，为庐山留下了 14 首诗歌，其中一首《望庐山瀑布》流传至今，成为中国古代诗歌的极品。而苏轼的《题西林壁》更是成为充满辩证哲理的千古名句。

héng kàn chéng lǐng cè chéng fēng　yuǎn jìn gāo dī gè bù tóng
横 看 成 岭 侧 成 峰 ，远 近 高 低 各 不 同 。
bù shí lú shān zhēn miàn mù　zhī yuán shēn zài cǐ shān zhōng
不 识 庐 山 真 面 目 ，只 缘 身 在 此 山 中 。

庐山不仅有美景、好诗，就连庐山这个名字也跟一个神奇的故事有关。

传说，很久很久以前，有一位名叫匡俗的先生，在庐山学道，他的道术非常高明。这件事被天子知道了，便请他出山相助。但匡俗先生不想入朝为官，屡次推辞回避无果，最后干脆潜入深山，再也找不到他的踪影了。

再后来，据说有人在深山老林见过他得道成仙的样子，世人为了纪念匡俗不为名利所诱惑，便将他求道成仙的地方，称为神仙之庐。庐山一开始并不叫庐山，而叫匡山，后来才渐渐改称为庐山。

无论这个传说的最初版本为何，却是印证了"山不在高，有仙则灵"这一佳句。但庐山的成名，靠的不仅是仙，而是许许多多喜爱它、赞美它的人们。

正如一位新加坡学者所评论的那样："如果说泰山的历史景观是帝王创造的，庐山的历史景观则是文人创造的。"

自从李白吟出"日照香炉生紫烟"之后，庐山那巍峨挺拔的青峰秀峦、喷雪鸣雷的银泉飞瀑、瞬息万变的云海奇观、俊奇巧秀的园林建筑都在不断地向我们招手，吸引我们前往一观它的真实面目。

但游览庐山，凭借的不仅仅是古诗词的召唤，也不仅仅是一时兴起，还是一次高强度的身体锻炼。爬庐山所耗费的体力，丝毫不比泰山、华山少。让我们做好准备，勇敢地向这些美丽的景色前进吧！

江西省庐山五老峰风光

## 五老峰

　　五老峰海拔 1400 多米，地处庐山东南，连接着鄱阳湖。因山的绝顶是断开的，分成并列的五个山峰，仰望俨若席地而坐的五位老翁，古人们便把这五座山峰称为"五老峰"。

　　李白在五老峰旁的山谷中隐居时曾作了一首诗——《登庐山五老峰》："庐山东南五老峰，青天削出金芙蓉。九江秀色可揽结，吾将此地巢云松。"

## 三叠泉瀑布

　　三叠泉风景区位于庐山风景区中，总面积 16.5 平方千米，山峰高峻，峡谷幽深。该瀑布势如奔马，声若洪钟，被悬崖的磐石截断为三级，而且每一级瀑布的风格都各不相同。古人描绘曰："上级如飘云拖练，中级如碎石摧冰，下级如玉龙走潭。"

庐山三叠泉

## 📷 锦绣谷

庐山的锦绣谷是由大林峰与天池山交会而成，由于远古时期的冰川作用，形成了平底陡峭的山谷。这里一年四季花开，遍地红紫。山谷两边是绝壁悬崖，悬崖上还修建了石级可以攀缘而上。在惊心动魄的悬崖之上，欣赏一路的花团锦簇，是一种别样的惊险体验。

📍 庐山锦绣谷

## 📷 芦林湖

芦林湖位于庐山的东谷芦林盆地，四周群山环抱，湖水如镜。湖上有一座桥坝一体的芦林桥，桥的尽头建有"毛泽东诗碑园"，刻有毛主席的《登庐山》《为李进同志题所摄庐山仙人洞照》的诗词。这里还是电影《庐山恋》的取景地。

📍 夏日芦林湖

旃檀林

xī zài jiǔ jiāng shàng  yáo wàng jiǔ huá fēng
昔在九江上，遥望九华峰。

tiān hé guà lǜ shuǐ  xiù chū jiǔ fú róng
天河挂绿水，秀出九芙蓉。

wǒ yù yì huī shǒu  shuí rén kě xiāng cóng
我欲一挥手，谁人可相从。

jūn wéi dōng dào zhǔ  yú cǐ wò yún sōng
君为东道主，于此卧云松。

——李白·《望九华赠青阳韦仲堪》

天台寺

百岁宫

李白在九江上泛舟时，遥望九华山峰，只见山上的瀑布犹如天河倾泻下一股绿水，高耸的山峰宛如秀丽摇曳的九朵芙蓉花。见此美景，李白想挥手呼朋唤友，可谁人又能与他相伴相游呢？他不禁感慨道，朋友啊，你是这里的主人，正可以和我一起领略这云松之间的宁静美好！

李白受青阳县令韦仲堪的邀请，曾多次游九华山，其间还在山中作诗送友，这首诗便是他送给韦仲堪的。其中"天河挂绿水，秀出九芙蓉"这一诗句成为描绘九华山秀美景色的千古绝唱。

南朝时期，九华山还不曾有此名称，人们看见此山奇秀，高出云表，峰峦异状，其数有九，曾将它称作九子山。李白曾数游九华山，见此山秀异，九峰如莲花，触景生情，就在写给友人的诗歌中说："妙有分二气，灵山开九华"，自此之后，"九子山"被改为"九华山"。

唐朝诗人刘禹锡在游览九华山时更是创作了一首《九华山歌》来赞美它的壮阔。

qí fēng yí jiàn jīng hún pò  yì xiǎng hóng lú shǐ kāi pì
奇峰一见惊魂魄，意想洪炉始开辟。

yí shì jiǔ lóng yāo jiǎo yù pān tiān  hū féng pī lì yì shēng huà wéi shí
疑是九龙天矫欲攀天，忽逢霹雳一声化为石，

bù rán hé zhì jīn  yōu yōu yì wàn nián  qì shì bù sǐ rú téng xiān
不然何至今，悠悠亿万年，气势不死如腾仚。

yún hán yōu xī yuè tiān lěng  yuè níng huī xī jiāng yàng yǐng
云含幽兮月添冷，月凝晖兮江漾影。

jié gēn bù dé yào lù jīn  jiǒng xiù cháng zài wú rén jìng
结根不得要路津，迥秀长在无人境。

轩皇封禅登云亭，大禹会计临东溟。

乘樏不来广乐绝，独与猿鸟愁青荧。

君不见敬亭之山黄索漠，兀如断岸无棱角。

宣城谢守一首诗，遂使声名齐五岳。

九华山，九华山，自是造化一尤物，焉能籍甚乎人间。

真正让九华山世人皆知的，是这里曾是传说中地藏王菩萨的说法道场。

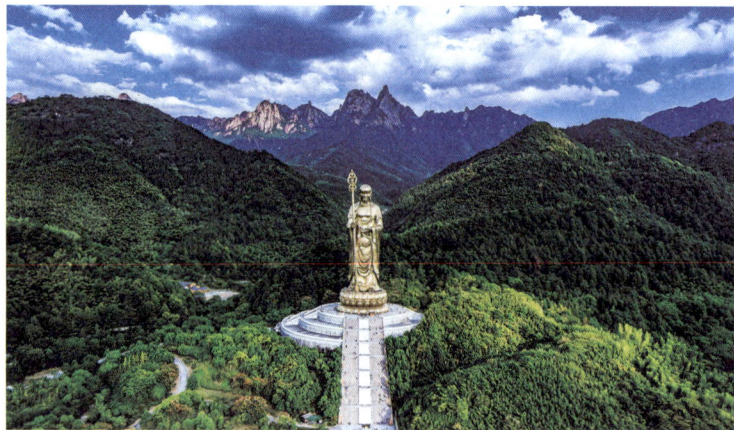

安徽省九华山地藏菩萨铜像

传说，在唐玄宗开元年间，新罗国有个名叫金乔觉的王族，他泛舟渡海，历经千辛万苦来到中国求法。当他来到九华山时，发现九华山峰峦叠起，是个修行的极好去处，于是，在深山无人僻静之处，找了一个岩洞栖居修行。

据说，金乔觉修行时已经60岁了，但他的身体异常强壮。他终日坐禅诵经的事情被山民发现后，很快便传为美谈。当时九华山下有个闵员外，有一天，金乔觉对他说："你能不能给我一袈裟地，方便我安心修行？"闵员外拥有土地何止数顷，他自然慷慨答应。可是，当他将袈裟递给金乔觉时，令人意想不到的事情发生了——金乔觉将袈裟轻轻一抖，这方小小的布袈裟竟然飞上云天，覆盖了九座山峰那么多的地。闵员外十分诧异，他立即心悦诚服地将九座山峰献给了这位金乔觉菩萨，并为他修建庙宇。

这个传说背后的真相究竟是什么，恐怕只有金乔觉和闵员外两个人知晓了。不过，自那之后，金乔觉就威名远扬，许多善男信女慕名前来膜拜供养他，就连新罗国僧众也纷纷渡海前来随侍。

金乔觉就这样在九华山苦心修炼数十载，于99岁的高龄圆寂。传说他圆寂后肉身三年未腐，简直就是奇迹，或者说，这根本就是神迹啊！而且他生前笃信地藏王菩萨，就连容貌也酷似地藏瑞相，僧众便认定他是地藏菩萨转世，将他的肉身放进石塔中，加以供奉。

从此，九华山就成了地藏王菩萨的道场，并与文殊菩萨的五台山、普贤菩萨的峨眉山、观世音菩萨的普陀山并称为佛教四大道场。

据佛经记载，每年农历七月三十为地藏菩萨诞辰，在这一天，九华山都会在肉身殿举行隆重庆典，称"地藏法会"。法会一般历时七天，圆满之日设斋供众，广结良缘。

所以，每年的农历七月三十这天，九华山之上必是人山人海，如果你想要静静地游览九华山，不想跟行人摩肩接踵，那可一定要错开这一盛会时间，择他日一览九华山的佛国胜景呀。

旃檀林位于九华山西南，初建于清康熙年间，旃檀林为砖木结构，由 4 座厅堂式民居和宫殿式大雄宝殿组合而成。寺内斗拱、窗棂上遍刻唐僧取经和佛经神话故事，精美而生动。

旃檀，又名檀香，是一种古老而又神秘的珍稀树种。檀香木香味醇和，历久弥香，素有"香料之王"的美誉。《佛说戒香经》中认为檀香是最上等的香，世人闻檀香之气，可清心、宁神、排除杂念，"旃檀林"的名字由此而来。

九华山旃檀林

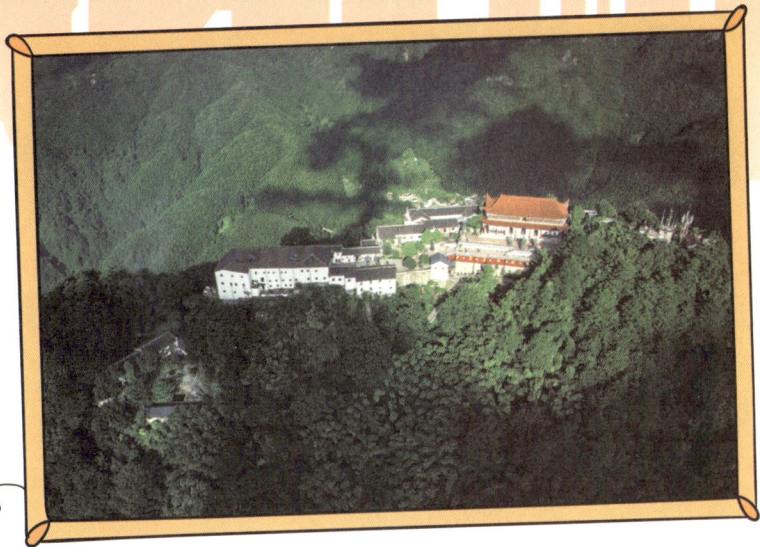

📍九华山百岁宫

## 百岁宫

建于明代的百岁宫原名摘星庵，坐落在九华山的插霄峰上。共有五层高楼，山门、大殿、肉身殿、库院、斋堂、僧舍、客房都是一个整体，远远望去就像一座通天达地的古城堡。它的楼层内还镶嵌着山体的磐石，岩石与建筑、建筑与山峰巧妙结合，令人叹为观止。这种形制的寺庙在我国实属罕见。

## 天台寺

天台寺位于九华山的天台峰顶，海拔1306米，是九华山位置最高的寺院，又名"地藏寺""地藏禅寺"。在寺庙的各个角落，随处可见形态各异的佛像和精美的佛教壁画，显得古朴而庄重。这里也是九华山主峰，一直有着"不上天台，等于白来"的说法。

📍九华山天台寺

黄山

黄山
光明顶

huáng shān sì qiān rèn　　sān shí èr lián fēng
黄山四千仞，三十二莲峰。

dān yá jiā shí zhù　　hàn dàn jīn fú róng
丹崖夹石柱，菡萏金芙蓉。

yī xī shēng jué dǐng　　xià kuī tiān mù sōng
伊昔升绝顶，下窥天目松。

xiān rén liàn yù chù　　yǔ huà liú yú zōng
仙人炼玉处，羽化留余踪。

——李白·《送温处士归黄山白鹅峰旧居》（节选）

排云亭

迎客松

黄山高耸入云，有4000仞之高，一共有32座山峰，如同莲花瓣一般绽放。丹崖对峙夹石柱，有的像莲花苞，有的像金芙蓉。想当年，我曾登临绝顶，放眼远眺天目山上的老松。仙人炼玉的遗迹尚在，羽化升仙处还留有遗踪。

根据记载，这首诗是李白在54岁时创作的。他游览黄山时，对黄山胜景给予高度的赞美。在他的好友温处士要回到位于黄山白鹅峰的旧居时，李白将黄山美景描绘成诗赠别。

读罢李白的这首诗，不由得让人想起唐朝贾岛那首《寻隐者不遇》。虽然不知贾岛所描绘的场景是否也发生在黄山，但因为黄山素以云海而著称，而"云深不知处"也刚好符合此景，不免让人觉得描写的也是黄山呢。

sōng xià wèn tóng zǐ    yán shī cǎi yào qù
松 下 问 童 子，言 师 采 药 去。
zhǐ zài cǐ shān zhōng    yún shēn bù zhī chù
只 在 此 山 中，云 深 不 知 处。

不过，虽然早在唐代就有无数描绘黄山的诗，但真正传播黄山美名的，是距唐代几百年之后的明朝人，那个著名的旅行家——徐霞客。

📍 安徽省黄山风景区

　　尽管李白、杜甫的足迹早已遍及大江南北，他们的诗词也涵盖了中国的名山大川，但他们的人生，并非以游遍名山大川为目的。徐霞客不一样，他的职业就是旅行家。他是中国第一位以旅行为毕生事业的人，18岁那年，他决定不参加科举，不入仕途，这辈子唯一的目的就是游遍名山大川，用脚丈量出大明朝的美好河山。

　　徐霞客一生的足迹遍及中国的16个省，他在旅途中风餐露宿，曾燃枯草照明。后人编辑了他的游记，竟然整理出了60万字。西方人将他称为东方的"马可·波罗"，他的著作《徐霞客游记》也被誉为千古奇书。

240

诗仙未曾做到的事，徐霞客做到了。

徐霞客的文笔或许没有诗仙那么出众，但他以深邃的目光，认真探索的态度，竭力描摹黄山的秀美，在徐霞客的笔下，黄山松破石而出，立于峭壁之上，身姿挺拔、气势雄壮，与朝霞落日相映时，又色彩斑斓，婀娜多姿；黄山的云雾仿佛跟着人的脚步而升腾弥漫，纵横变化。这是多么的瑰丽浪漫，让人牢牢记住了他笔下的黄山。也难怪后来的人们把奇松、怪石、云海、温泉和冬雪称为黄山"五绝"。

甚至徐霞客在游遍了名山大川之后，沉思良久，写下了"薄海内外，无如徽之黄山。登黄山，天下无山，观止矣"的评价。

这评价或许有一些激情、豪迈的心境，又或许夹杂了太多浪漫主义的情怀，甚至后人将这句话引申为"五岳归来不看山，黄山归来不看岳"，无限激发了人们对黄山的憧憬。

黄山就像一个梦中仙境一般，无时无刻不在挑动着旅人们的心，无时无刻不在诱惑人们，让我们带着相机，带着这份期待，拨开那层层云海，前去一览真容吧。

## 黄山光明顶

光明顶是黄山的主峰之一，位于黄山中部，是黄山第二高峰，与天都峰、莲花峰并称黄山三大主峰。光明顶上阳光照射时间长，故名光明顶，又因为地势平坦高旷，是黄山看日出、观云海的最佳地点之一。

📍 黄山光明顶上的气象站

## 迎客松

迎客松在玉屏楼左侧、文殊洞之上，破石而生的松树至少有 1000 岁了，是黄山"五绝"之一。迎客松一侧的枝丫伸出，如人伸出一只臂膀欢迎远道而来的客人，另一只手优雅地斜插在裤兜里，雍容大度，姿态优美，是安徽省的象征之一，享有"国宝"和"天下第一松"的美誉。

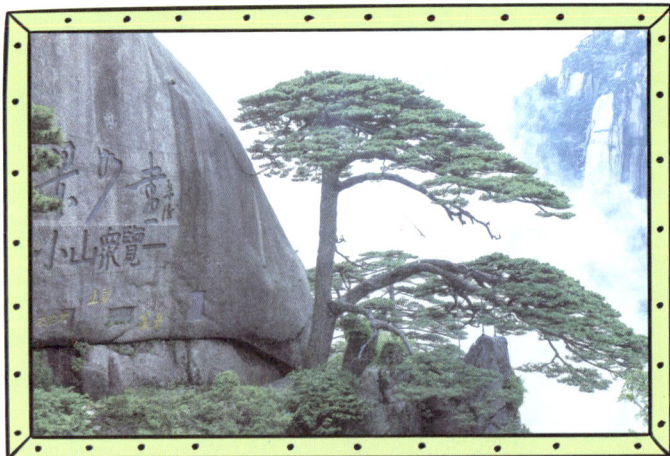

📍 黄山迎客松

## 排云亭

排云亭位于黄山风景区西海门，是一个长形的风景亭，亭前绝壁千丈，云气缭绕，站在排云亭放眼望去，可以看到箭林般的峰峦，**重重叠叠**，每当云雾漫过，酷似大海之中的无数岛屿，是观赏黄山巧石奇景的最佳地点。

最奇特的是，虽然云雾在山谷中升腾翻滚，但到石亭前却又消散开来，"排云亭"也因此得名。

在排云亭观赏到的云海景观

排云亭

# 敬亭山

太极洞

zhòng niǎo gāo fēi jìn　　gū yún dú qù xián
众 鸟 高 飞 尽 ， 孤 云 独 去 闲 。
xiāng kàn liǎng bú yàn　　zhǐ yǒu jìng tíng shān
相 看 两 不 厌 ， 只 有 敬 亭 山 。

——李白·《独坐敬亭山》

玉真公主墓

鳄鱼湖

一群鸟儿高高飞过，瞬间就不见了踪影，
一片孤云悠闲地飘浮在空中，我注视着敬亭山，
能和我久久相看而不生厌的，也只有敬亭山了。

李白的一生中曾七游宣城，这首《独坐敬亭山》，
是李白在公元 753 年秋游宣城时所作。敬亭山在安
徽宣城，它原名昭亭山，晋初为避晋文帝司马昭名讳，
改称敬亭山，属黄山支脉。

真正让敬亭山声名鹊起、直追五岳的，是南齐诗人谢朓的名诗《游敬亭山》：

zī shān gèn bǎi lǐ    hé yǎo yǔ yún qí
兹山亘百里，合杳与云齐，
yǐn lún jì yǐ tuō    líng yì jū rán qī
隐沦既已托，灵异居然栖。

继谢朓、李白之后，白居易、杜牧、韩愈、刘禹锡、王维、孟浩然、李商隐等
人都纷纷踏足这里。他们在此相继以生花妙笔，为敬亭山吟诗写赋，绘画作记，寄
情山景，抒发胸怀，留下许多不朽诗篇。

可是，当人们追寻李白的那句"相看两不厌"，真的来到敬亭山后，却无一例
外地感到失望。

敬亭山，它居然是这样的平凡，平凡到缺乏一座名山应该具有的所有优点。它

居然没有雄伟壮丽的奇石怪岩，没有苍翠馥郁的青松古柏，没有柔婉的溪流，更没有清冽的山泉和如霆如雷的飞瀑。它并不高大，也不壮阔，也没有让人望之心潮澎湃的气势。

在山间石阶的两边，只有那盘旋的葛藤，丛生的芳草，和不知究竟叫什么名字的野花。在这里，我们甚至听不到溪流淙淙，只有在艳阳高照之时，才会发现偶有几束阳光，斜斜地穿过竹林，为这座名山略添一抹小小的韵味。

你是不是也很好奇，这样的敬亭山，究竟有什么魅力呢？为什么它能在千年的时空之中，一直召唤着众人，迎来一位又一位诗人中的佼佼者，并在无数个春秋之后，沉淀成一汪浓得无法化开的诗的海洋呢？

📍 安徽省宣城市敬亭山

或许，从李白的人生中，我们可以获得一个暂且算作"答案"的答案。

李白写下《独坐敬亭山》的时候，他已经离开长安有十年了，早已饱尝人间辛酸，看透了世态炎凉，他的心中，感到万分孤寂，所以当他独坐敬亭山时，这种心境一定十分复杂。

或许，那时无论李白眼中看见的是什么，都没有关系了，他只是刚好看见了敬亭山，然后心中突然冒出了一个想法：在这个世界上，大概只有它还愿意跟我做伴吧。

那时那刻的李白，就像一个失意的孩子，而敬亭山，正好成为他可以倾诉的对象。"相看两不厌"中"不厌"的，未必是景，而是心。

能安慰人心的地方，绝不会是凡尘中的俗物，我们可以从李白给官场朋友写的诗中看出一二：

> ěr zuǒ xuān zhōu jùn　shǒu guān qīng qiě xián
> 尔佐宣州郡，守官清且闲。
>
> cháng kuā yún yuè hǎo　yāo wǒ jìng tíng shān
> 常夸云月好，邀我敬亭山。
>
> wǔ luò dòng tíng yè　sān jiāng yóu wèi huán
> 五落洞庭叶，三江游未还。
>
> xiāng sī bù kě jiàn　tàn xī sǔn zhū yán
> 相思不可见，叹息损朱颜。
>
> —— 李白·《寄从弟宣州长史昭》

敬亭山，它静谧，远离喧嚣，虽无奇峰，却山势缓和。偶尔闲庭信步其上，一天便可来往数回。这就像一个农家小院的后山一般，可以每天用以消解烦闷，而不似其他名山大川，攀登一次便需数天，实在太耗费体力。这样的地方，最适合抚平心境。而名山大川，更适合在意气风发之时登临，以抒情怀。

所以，敬亭山，就是这样一座平凡、普通，却又能安定心灵的"名山"。它并不像黄山、庐山那般能使人淋漓畅快。唯一的好处便是，当你行走在林荫山路上，呼吸着远离尘嚣的空气，人会清爽很多。

## 📷 太极洞

　　太极洞坐落在安徽宣城东边的广德县，是全省历史最久的旅游岩洞，有"东南第一洞"的美誉。太极洞内大洞套小洞，洞洞相通，忽狭忽敞，时高时低，忽温忽凉，忽陆忽水，给人变幻莫测之感。洞内有高峰出谷、瀑布流水、瑶池玉阶、地下银河、玉带金光……景观瑰丽又千姿百态。

📍 宣城市鳄鱼湖景区的扬子鳄

## 📷 鳄鱼湖

　　宣城市的中国鳄鱼湖是世界上唯一的扬子鳄自然保护区，建于 1979 年，保护区的扬子鳄已从当初的 140 多条，增加到了 1 万多条。这里不仅是科研基地，更是喜爱动物的孩子们的天堂！有猴岛、鹿园、马场、垂钓、科普展厅、儿童乐园等，还可以在观赏池边看鳄鱼，在表演场地欣赏惊险的鳄鱼表演呢。

## 玉真公主墓

玉真公主李持盈是武则天的孙女，玉真公主墓位于敬亭山南麓的竹林中。竹林里有一座高 2.6 米的玉真公主雕像。

相传，李白第一眼见到玉真公主时，就对公主一见倾心，写下了极尽赞美之意的《玉真仙人词》。后来玉真舍弃了公主的名号，前往宣城修行，并于公元 762 年去世，葬于敬亭山。李白得知玉真公主仙逝的消息后，非常悲恸，来到敬亭山公主坟时，坟前竟突然涌出一股清泉……同年 12 月，李白死于敬亭山不远处的当涂县。

竹林里的
玉真公主雕像

# 北固山

甘露寺

kè lù qīng shān wài　xíng zhōu lù shuǐ qián
客路青山外，行舟绿水前。

cháo píng liǎng àn kuò　fēng zhèng yì fān xuán
潮平两岸阔，风正一帆悬。

hǎi rì shēng cán yè　jiāng chūn rù jiù nián
海日生残夜，江春入旧年。

xiāng shū hé chù dá　guī yàn luò yáng biān
乡书何处达，归雁洛阳边。

——王湾·《次北固山下》

凤凰池

多景楼

春暖花开时，诗人王湾路过北固山，他的船行进在碧绿的江水之上。春潮正涨，江面似乎与岸齐平了，船上人的视野也更加开阔。此时行船顺风顺水，就将船帆高高悬起。王湾举目向东望去，只见江水与天际混为一色，一轮红日从东方的地平线上渐渐升起，照彻西边天空还未褪去的夜色。旧年还没有完全过去，江南的春天已经迫不及待来临了。看着眼前的点点春意，诗人不禁感慨万千，想到自己离家已经很久，不知寄出的家信何时才能到达家乡，希望北归的大雁赶紧将它们捎到洛阳去吧。

这首诗是王湾在生机盎然的北固山下，心里突然泛起浓浓思乡之情而创作的。古往今来，最是真情能动人，情与景的交融，让这首风格壮美的诗成为经典。

巧的是，几百年后，宋代诗人苏轼路过北固山时，与王湾产生了同样的共鸣，他用一曲《蝶恋花·京口得乡书》将自己难以抑制的思乡之情倾吐出来。

yǔ hòu chūn róng qīng gēng lì　zhǐ yǒu lí rén　　yōu hèn
雨后春容清更丽。只有离人，幽恨

zhōng nán xǐ　běi gù shān qián sān miàn shuǐ　bì qióng shū yōng
终难洗。北固山前三面水。碧琼梳拥

qīng luó jì
青螺髻。

yì zhǐ xiāng shū lái wàn lǐ　wèn wǒ hé nián　zhēn gè
一纸乡书来万里。问我何年，真个

chéng guī jì　bái shǒu sòng chūn pīn yí zuì　dōng fēng chuī pò
成归计。白首送春拼一醉。东风吹破

qiān háng lèi
千行泪。

"北固山前三面水。碧琼梳拥青螺髻"说的是北固山前三面临水，宛如碧玉梳堆起了青螺发髻。多么生动而简洁的比喻呀，读到这两句诗，眼前就仿佛已经出现了这座临江的高耸翠山。

北固山是镇江三山名胜之一，三国时期刘备和孙尚香联姻的故事就发生在这里。山上几乎每一处亭台楼阁、山石涧道，都跟他们二人的爱情传说有关，北固山也因此成为许多人所向往的三国遗迹。

江苏省镇江市雪中的北固山

这段爱情故事还要从三国时期的荆州刺史刘琦去世开始说起。

刘琦去世后，东吴的周瑜看到了重新获得荆州的希望，于是想了一个计谋，要将孙权的妹妹孙尚香嫁给刘备，这样就可以将刘备诱骗到东吴当人质，作为换取荆州的筹码。

孙权的母亲吴国太得知女儿要被当作筹码嫁给刘备，而刘备又已年近半百，当即勃然大怒。但结亲的消息早已传遍江东，若是悔婚，又恐伤了孙家在百姓之中的信誉。吴国太左思右想，愣是想出了一条妙计。

吴国太和女儿约定，刘备若是前来提亲，地点就定在北固山巅的甘露寺，孙尚香当场面试他，若是中意，就在屏风后面吹箫示意；若是不中意，就想办法了结刘备的性命，以免误了女儿的终生幸福。

缘分往往就是这样不可思议。当吴国太这边一切准备就绪，却发现刘备只带了赵云和贴身侍卫前来提亲，他神色从容，大气雍容，虽年近半百，却仍具"龙凤之姿"，老太太竟然一眼就相中了这位"女婿"。急得孙权连连称悔，暗示一旁的吕蒙赶紧下手了结刘备。

所谓的眼缘也莫过于此了。孙尚香从小仰慕英雄，早在深闺之中就听过刘皇叔的英雄事迹，此时看见刘备满面红光，连一丝皱纹也没有，哪里像是年近半百之人，不由得芳心暗许。但爱情和家乡，始终难以取舍，正当她不知该如何抉择之时，却见吕蒙正要举刀砍向刘备。这时，她急得立即吹响了箫。

而刘备此番来到江东，本来只想全身而退，却意外娶得如花娇妻，自然喜出望外。谁知在大喜之日当天，从小习武的孙尚香又给他来了一段小小的"惊喜"。她提出，要和刘备比试剑法，赢了她才能揭开盖头。但孙尚香显然没有想到，刘备的剑法远在她之上，几招过后，便让她更加心悦诚服，从此追随刘备南征北战。

虽然这或许只是民间传说，但那又如何？就算历史的真相无比残酷，这世间多一些美好的传说、美好的愿望，也能让我们的旅途多一分浪漫，不是吗？

## 甘露寺

甘露寺在北固山的北峰之巅，始建于东吴甘露年间，故名"甘露寺"，让人意想不到的是，它的寺额竟是张飞的亲笔。

甘露寺高踞峰巅，有飞阁凌空之势，形成"寺冠山"的特色。寺内包括大殿、老君殿、江声阁等建筑，规模宏大。清朝康熙、乾隆二帝还在这里建有行宫。

镇江北固山甘露寺

## 多景楼

多景楼又名北固楼，在甘露寺后方，始建于南朝。多景楼为两层建筑，有回廊相通，是北固山上观景的最佳处，也是历代文人雅士聚会赋诗的地方，欧阳修、苏东坡、

镇江北固山多景楼

254

辛弃疾、陆游都曾在这里登高聚会，留下诗篇。陈毅元帅当年在登临多景楼时也曾感慨：不用再看画了，眼前就是万里长江画卷。

📷 **凤凰池**

北固山由前峰、中峰和后峰三部分组成，后峰即主峰，有许多名胜古迹，是风景最佳处；前峰原是东吴古宫殿遗址，现在是镇江烈士陵园；中峰上有一座国画馆。

凤凰池位于北固山后峰，周边风景犹如园林，池旁还有一尊雕塑，名为试剑石。传说孙权和刘备见到此石，刘备就用剑击石问天——若此次在东吴招亲能够全身而退，就让巨石裂开吧。结果，巨石真的裂开了！

📍 北固山凤凰池旁的试剑石

君山

淡扫明湖开玉镜，
丹青画出是君山。

昔闻洞庭水，
今上岳阳楼。

岳阳楼

天门山

天门中断楚江开，
碧水东流至此回。

遥望洞庭山水翠，
白银盘里一青螺。

洞庭湖

昔人已乘黄鹤去，此地空余黄鹤楼。

黄鹤楼

# 第九辑：大江东去

## ——山也迢迢，水也迢迢

# 黄鹤楼

黄鹤楼

xī rén yǐ chéng huáng hè qù　cǐ dì kōng yú huáng hè lóu
昔人己乘黄鹤去，此地空余黄鹤楼。

huáng hè yí qù bú fù fǎn　bái yún qiān zǎi kōng yōu yōu
黄鹤一去不复返，白云千载空悠悠。

qíng chuān lì lì hàn yáng shù　fāng cǎo qī qī yīng wǔ zhōu
晴川历历汉阳树，芳草萋萋鹦鹉洲。

rì mù xiāng guān hé chù shì　yān bō jiāng shàng shǐ rén chóu
日暮乡关何处是，烟波江上使人愁。

——崔颢·《黄鹤楼》

晴川阁

古琴台

热干面

传说中的仙人早已乘黄鹤飞去，此地只留下空荡荡的黄鹤楼。飞走的黄鹤再也不能回来了，千余年来只有白云依然在空中飘飘悠悠。阳光下的汉阳树木清楚分明，鹦鹉洲的芳草长得密密稠稠，时至黄昏不知何处是我家乡，面对烟波渺渺的大江令人发愁啊。

诗人崔颢登临古迹黄鹤楼，看到眼前景物，睹物生情，诗兴大发，作出了这一首千古佳作。

相传李白后来登此楼，看到了这首诗，大为折服，说："眼前有景道不得，崔颢题诗在上头。"严沧浪也曾赞叹道："唐人七言律诗，当以《黄鹤楼》为第一。"

诗中关于仙人乘黄鹤离去，以及黄鹤楼名字的由来，都跟一个神奇的传说有关。

从前有位姓辛的人，他是开酒馆卖酒的。一天，酒馆里来了一位身材魁伟但衣着破烂不堪的客人，他神色从容地走进店中问辛氏："可以给我一杯酒喝吗？"

辛氏没有因对方衣衫褴褛而有所怠慢，心想：这位客人怕是遇到了什么难事吧？于是，急忙盛了一大杯酒端给了客人。客人喝了酒，擦擦嘴满意地走了。结果，在这之后的每一天，这位客人都在同一时刻登门讨酒，一直持续了长达半年时间。

辛氏是个好心人，他坚持每天请这位客人喝酒。直到有一天，客人喝完酒后，并没有立刻离开，而是告诉辛氏说："我欠了你很多酒钱，没有办法还你。现在让这只鹤来替我报答你吧。"说着便从篮子里拿出一块橘子皮，在墙上画了一只鹤。

因为橘皮是黄色的，所画的仙鹤也变成了黄色。

说来也奇怪，在那之后，这位客人再也没出现了。而那墙上的仙鹤，却可以随着歌声，合着节拍，蹁跹起舞。

这么神奇的事情自然是一传十，十传百，辛氏的酒馆里从此客人源源不断，都想来看看仙鹤起舞的法术。于是，辛氏靠着这只黄鹤积攒了很多财富。

十多年后的一天，那位衣衫褴褛的客人又突然出现在了酒馆里，辛氏一见，大喜，他赶忙上前致谢，还希望能报答这位客人。客人却摇摇头，笑着回答说："我哪里是为了这个而来呢？"说完便取出笛子吹了几首曲子，没多久，只见朵朵白云自空而下，画在墙壁上的黄鹤踏着白云缓缓飞到客人面前，他朝辛氏笑了笑，跨上鹤背，乘着白云飞上天去了。

后来，辛氏商人为了纪念这位客人，便用积攒下来的银两在黄鹄矶上修建了一座楼阁。因这幢楼由黄鹤起舞而建，人们便称之为黄鹤楼。

📍湖北省武汉市黄鹤楼夜景

姓辛的商人因为他的好心得到了好报，而黄鹤楼也因为这个传说出了名。但实际上，黄鹤楼名字的真正来历，是因为它建在了黄鹄矶上的缘故。而在建造之时，黄鹄与黄鹤只有一字之差，且可以通用，后来便渐渐被叫成了黄鹤楼。

黄鹤楼自建成以来，历代名人都在上面留下了大量的诗歌、词作、对联、碑记和文章，宋代诗人陆游也曾慕名来到黄鹤楼，瞻仰晋唐文人留下的书法真迹，乘兴而来，大醉而归。

shǒu bǎ xiān rén lù yù zhī　　wú xíng hū　jí zǎo qiū qī
手把仙人绿玉枝，吾行忽及早秋期。

cāng lóng què jiǎo guī hé wǎn　　huáng hè lóu zhōng zuì bù zhī
苍龙阙角归何晚，黄鹤楼中醉不知。

jiāng hàn jiāo liú bō miǎo miǎo　　jìn táng yí jì cǎo lí lí
江汉交流波渺渺，晋唐遗迹草离离。

píng shēng zuì xǐ tīng cháng dí　　liè shí chuān yún hé chù chuī
平生最喜听长笛，裂石穿云何处吹？

—— 陆游·《黄鹤楼》

黄鹤楼自经崔颢吟诵以来，已经时过千年。千年以来，它就像一个时时都准备奔波的旅人一样，数次重建，数次易址。

楼虽易址，但楼的精神却从未改变。

黄鹤楼，正如它千年以前所呈现给世人的那样，融于都市之中，却又隐含了几分仙风道骨。当你亲眼见到这一大都市里的胜景，还能像千年以前的诗人那般，从它的身上，感受到历史赋予这个城市的深厚底蕴吗？

## 黄鹤楼

黄鹤楼位于武汉市武昌区。自宋代之后，黄鹤楼屡毁屡建，现在已经不是宋画里的原貌了。现在的黄鹤楼内部共9层，72根圆柱拔地而起，60个翘角凌空舒展，整个楼就好像一只黄鹤正要展翅高飞。楼的屋面用了十几万块的黄色琉璃瓦覆盖，在蓝天白云的映衬下，色彩绚丽，十分好看。

📍 武汉市黄鹤楼

📍 黄鹤楼一层大厅的
"白云黄鹤"陶瓷壁画

## 📷 热干面

　　热干面算是武汉最具代表性、最出名的小吃了。这种面先煮八分熟，捞出来后淋上香油放凉，吃的时候再下锅煮熟。配上芝麻酱、香葱、萝卜丁、酸豆角等调料，面条爽滑，味道浓郁，是武汉人民的最爱！后来热干面传到了河南信阳，经过加工改良，也成了信阳人的最爱，于是又有了信阳热干面。

## 古琴台

　　古琴台始建于北宋，又名俞伯牙台，位于武汉市汉阳区龟山西麓，月湖东畔。相传春秋时期俞伯牙就是在这里偶遇钟子期的，于是便有了高山流水遇知音的故事。现在的古琴台是清朝嘉庆年间重建的，主要建筑有庭院、园林、花坛、茶室，布局精巧雅致，层次分明，移步换景，建造者还巧妙地将龟山和月湖的山水借用过来了呢。

📍 武汉市古琴台景区

## 晴川阁

　　晴川阁又名晴川楼，位于武汉市汉阳龟山东麓禹功矶上，与黄鹤楼隔江对望，相映生辉。晴川阁是明朝由禹王庙改建而成，整个楼阁分上下两层，飞檐有四角铜铃，临风作响。门窗栏杆都是木制，通体朱漆彩绘，纹饰都富有浓郁的楚文化气息。

　　晴川阁这个名字正是来自"晴川历历汉阳树，芳草萋萋鹦鹉洲"。

📍 武汉市长江边的晴川阁

天门山

采石矶

tiān mén zhōng duàn chǔ jiāng kāi　　bì shuǐ dōng liú zhì cǐ huí
天门中断楚江开，碧水东流至此回。
liǎng àn qīng shān xiāng duì chū　　gū fān yí piàn rì biān lái
两岸青山相对出，孤帆一片日边来。

——李白·《望天门山》

霸王祠

李白墓

天门山似乎是因为滚滚江水的冲击而从中间豁然断开的，碧绿色的江水从断口奔涌而出。浩浩荡荡的长江东流到此便被天门山阻挡，从而激起滔天的波浪，回旋着向北流去。此时，李白乘着一艘孤零零的小船，正从日光照射的方向远道而来，从船上望去，有一种两岸青山迎面扑来的感觉。

李白的这首《望天门山》流传千古，让很多人以为天门山是一座从中间断开的山，事实上可并不是这样哦。

诗中的天门山并非一座山的名字，而是两座山的合称，因为这两座山中间夹着一条长江，宛如一扇铁门，故称天门山。当长江流经此门之后，会立即变得开阔起来。

这两座山位于安徽芜湖，东边的叫东梁山，西边的叫西梁山，这两山合起来，才被称为天门山。正因为两座山仿佛是架在长江的一扇大门，所以天门山又有"长江之钥"的称呼。

这么特殊的地理位置，注定了天门山是兵家攻守要地。春秋时，楚国在此大胜吴国。南朝宋孝武帝也曾在此检阅水军，诏立双阙于二山。

安徽省芜湖市天门山

在距西梁山北数里远处，有一条注入长江的河流，叫牛屯河。要论天门山的来历，可就要从这条河开始说起了。

传说，在很久很久以前，和县境内的长江边原来只有一座梁山。梁山脚下住着一位老人，他没有孩子，全靠在山下开荒种点旱粮和瓜菜度日。

某一年夏天，很久没有下雨了，老人在山里种的冬瓜大都干死了，只有一根藤上结了一个大冬瓜，足有30斤重。一天，一个白发苍苍的老人走到他身边问道："老弟呀！你这个大冬瓜能卖给我吗？"

种瓜老人回答："不能卖啊，这个干旱的年头，我要靠它度日子呢！"白发老人说："吃掉它真可惜。这样吧，我多出几个钱，请你把它卖给我。"

种瓜老人依旧摇头，表示不同意。

白发老人没有办法，只好把这个冬瓜的秘密讲了出来："在你家屋后的这座山里，藏着很多很多的金子，但是山门被一个大西瓜锁住了。而你这个大冬瓜其实是一把钥匙，只要把冬瓜往那西瓜上一放，山门就开了。"

种瓜老人一听，竟然有这样的好事，更舍不得卖了。等白发老人离开后，就急忙将那大冬瓜摘下来搬回家去。没想到，白发老人的话也被一个大财主偷听到了，他伙同两个大汉当晚就将冬瓜抢了过来。

财主按照白发老人所说，背着冬瓜上梁山去找大西瓜。找呀找呀，终于在临江的石垒上看见一个大西瓜，足足有洗脚盆那么大。财主三人高兴极了，他们连攀带爬地到了大西瓜跟前，把大冬瓜往西瓜上一放，就听霹雳一声巨响，山门裂开个大缝，山洞里金光闪闪，许多金色的飞禽走兽在洞里乱飞乱跑。

财主被这些金色的动物搅得眼花缭乱，他顺手牵了一头金牛，叫两个大汉拉出洞去。谁知两个大汉只顾着牵金牛，把大西瓜碰掉了，西瓜骨碌碌地滚进山洞里，山门瞬间关闭，把财主关在了山洞里。而那个大冬瓜就滚到江对岸，变成了一座大山，也就是现在的东梁山。

那头被牵走的金牛，其实也大有来历。

原来呀，它本是山下河里的妖怪，常年在此地兴妖作怪，闹得两岸良田泛滥成灾。后来它被观音菩萨收服，关在梁山洞里，渐渐地修炼成了金牛。而金牛离开了山洞，便又回到原来的河里。从那之后，人们就把这条河叫牛屯河。

故事讲到这里，天门山在你的心中是不是更加神秘了呢？

当你乘船驶过天门后，可以顺江而下，游览诗仙李太白曾江中揽月、骑鲸升天的采石矶，以及青山的太白墓，再接着往前走，可以去游览西楚霸王的项羽庙……绝对让你目不暇接！

## 采石矶

采石矶位于安徽省马鞍山市西南 5 千米处的长江东岸，突兀地伫立在江边，挡住了部分江流，导致周围的水流十分湍急。这里虽然山势险峻、峭壁耸立，但植被茂盛，风光绮丽，像是一颗巨大的翡翠色螺壳。据说在三国东吴时期，此处曾产五彩石，又因其形状如蜗牛，又有"金牛出渚"的传说，故又名牛渚矶。

如今这里已经是一座大型文化生态旅游区，亭台楼阁、湿地公园、书画展览、古镇休闲、酒店餐饮等一应俱全。

马鞍山市采石矶风景区的太白楼

## 📷 李白墓

李白墓位于安徽省马鞍山市当涂县太白镇，陵园依林傍水，环境十分清幽，进门处有牌坊，往里走是太白碑林、眺青阁、太白祠、太白墓、十咏亭、青莲书院等。无论你是什么时候来，都能欣赏的独特的景色——春看杜鹃，夏赏青莲，秋闻金桂，冬赏蜡梅。

📍 马鞍山市当涂县李白墓园

## 📷 霸王祠

霸王祠又名项羽庙，位于马鞍山市和县的凤凰山上，距长江直线距离约 1.5 千米。据说，项羽兵败之后，自觉无颜面对江东父老，长发覆面自刎于此，后人便在这里建祠纪念。霸王祠内有西楚霸王的黄杨木巨型雕像一尊，只见霸王身体前倾，双眼圆睁，一手仗剑，一脚向前踏出，威风一如往昔。

📍 马鞍山市和县霸王祠

# 洞庭湖

hú guāng qiū yuè liǎng xiāng hé
湖 光 秋 月 两 相 和，

tán miàn wú fēng jìng wèi mó
潭 面 无 风 镜 未 磨。

yáo wàng dòng tíng shān shuǐ cuì
遥 望 洞 庭 山 水 翠，

bái yín pán lǐ yì qīng luó
白 银 盘 里 一 青 螺。

——刘禹锡·《望洞庭》

汨罗江

东、西洞庭湖
自然保护区

洞庭湖澄澈空明的水光与秋天素清的月光交相融合，水面迷迷蒙蒙，风平浪静得就好像一面未经打磨的铜镜一般。远远望去，洞庭湖的山水呈现一片翠绿，在皎洁的月光之下，恰似一个白银盘子托着一颗青色的田螺。

位于湖南省岳阳市的洞庭湖自古以来被称为"神仙洞府"，风光绚丽迷人，湖面迂回浩瀚，最大的特点便是湖外有湖，湖内有山，无论白天黑夜皆有意蕴。这里处处皆画，处处有诗意，更是处处留了诗人的身影和诗作。除了刘禹锡，还有许许多多的诗人驻足此处，留下了不朽的佳作呢。

孟浩然也是在清秋八月来到洞庭湖畔，只见秋水盛涨，几乎与湖岸齐平，水面蒸腾着雾气，与天空浑然一体，波涛汹涌似乎可把岳阳城撼动。

bā yuè hú shuǐ píng    hán xū hùn tài qīng
八月湖水平，涵虚混太清。
qì zhēng yún mèng zé    bō hàn yuè yáng chéng
气蒸云梦泽，波撼岳阳城。
yù jì wú zhōu jí    duān jū chǐ shèng míng
欲济无舟楫，端居耻圣明。
zuò guān chuí diào zhě    tú yǒu xiàn yú qíng
坐观垂钓者，徒有羡鱼情。

—— 孟浩然·《望洞庭湖赠张丞相》

而李白与好友同游洞庭湖，更是专门写下五首七言绝句来记录这次旅行。其中一首便是："南湖秋水夜无烟，耐可乘流直上天？且就洞庭赊月色，将船买酒白云边。"尽管没有任何具体精细的描绘，却天然去雕饰，惹得人们对洞庭夜景浮想联翩。

📍 岳阳市洞庭湖的夕阳

从这些诗歌中都可以看出，古代诗人对洞庭湖碧波连天的画面充满着无限想象，这样浩瀚的水，这样朦胧的景，简直不像是凡间的山水，所以呀，关于洞庭湖的来历，民间盛传着一个和东海龙王三公主有关的传说。

一天，龙王的三公主去拜见玉皇大帝的时候，失手摔破了一只珍贵的凌冰碗，玉帝大怒，就命令太白金星带她到凡间受苦受难，以示惩罚。

那时，洞庭湖还只是一望无际的八百里平川，平川上住着一户财主。太白金星和三公主路过他家的时候，发现他们家非常富有。太白金星便决定让三公主嫁到此家，等惩罚期满再带她离开。财主看见三公主知书达理，又会打理家务，便高兴地同意了这门亲事。

成亲之后，按照当地的风俗，新娘过门三日之后就要下厨做饭，伺候一大家子人了。到了第四日凌晨，三公主便早早地起来做饭。她来到厨房，只见里面一片漆黑，便点亮油灯，她这才发现，厨房里没有水，也没有油盐，甚至连米面都找不到。三公主十分疑惑：财主家这么富足，怎么厨房里连米面油盐都没有啊？是不是在故意给自己出难题呢？

她想起自己还在惩罚期，只好忍气吞声，去菜园里摘了些鲜绿的青菜，又去河里捞了些鱼虾，从集镇上买来肉、油、盐和干柴，不一会儿，就炒出来一盘盘热气腾腾的佳肴。做好之后，她发现味道有点儿苦，但已经来不及重做了，情急之下，她打了一个喷嚏，施了点儿仙法，将菜的味道调好。

这个画面却被小姑和婆婆偷看到了，她们以为三公主故意将唾沫弄到碗里，十分生气，劈头盖脸将她打骂了一顿，之后对三公主的态度越发恶劣。最让三公主伤心的是，就连丈夫也不帮她，而是冷眼看着她被大家欺负。

三公主的惩罚到期的时候，老龙王得知自己的女儿在财主家受尽了折磨，十分气恼。他火速将三公主接回来，待派人查明了财主家的所有罪行后，气更是不打一处来。老龙王找到自己的弟弟，让他去好好惩罚一下财主家的人。

这天，三公主的婆婆来到厨房查看，只见大水缸里水波荡漾，有两只牛角似的东西伸出水面，她好奇地上前一摸，只见角又一拱，一条大青龙张牙舞爪地从水缸里跃了出来，吓得她"哎呀"一声，瘫倒在地。大青龙头一伸，尾一摆，一股水柱破缸而出。接着，"轰隆"一声巨响，整个财主家的院落连同方圆八百里的平地，统统陷落下去，成为烟波浩渺、深不可测的大湖，据说这就是今天的洞庭湖。

## 东、西洞庭湖自然保护区

　　洞庭湖分为东洞庭湖、南洞庭湖、西洞庭湖，三个湖有河网湖沼相连。其中东洞庭湖和西洞庭湖都是国家级的自然保护区，每年10月到来年3月，大约有两百多种国家级保护候鸟飞来这里过冬，在这段时间里，可以观赏到白鹳、黑鹳、白鹤、白鹭等多种保护候鸟，还有极其壮观的雁群、雁阵，其中小白额雁更是难得一见的呢。

　　如果2月来到洞庭湖，还可以参加自然保护区举办的国际观鸟节活动，届时这里不仅有各地的游客，还有国内外的鸟类学家前来。

洞庭湖自然保护区的候鸟

📍汨罗江流域的田园风光

## 📷 汨罗江

　　汨罗江流经湖南省平江县和汨罗市，最终汇入南洞庭湖。在汨罗江注入南洞庭湖口往上约 1.5 千米处的地方，潭水很深，相传，屈原就是在这里投江的，至今这里还留有屈子祠、屈原墓等遗迹。每年五月初五，沿江的人们还会前往此处向江水中投放粽子，并举行大型的民间赛龙舟活动。

# 君山

二妃墓

dì  zǐ  xiāo  xiāng  qù  bù  huán
帝子潇 湘 去不还，

kōng  yú  qiū  cǎo  dòng  tíng  jiān
空余秋草洞 庭 间。

dàn  sǎo  míng  hú  kāi  yù  jìng
淡扫明湖开玉镜，

dān  qīng  huà  chū  shì  jūn  shān
丹青画出是君山。

——李白·《陪族叔刑部侍郎晔及中书贾舍人至游洞庭》（节选）

传书亭

柳毅井

舜帝的两个妃子来到潇湘之后就回不去了，滞留在洞庭湖边的荒草之间。她们对着明镜般的洞庭湖描抹淡妆，而那湖中间的君山就是她们用丹青画出的蛾眉。

君山，在古时候又被称为洞庭山，又名湘山，是八百里洞庭湖中的一个小岛，与千古名楼岳阳楼交相辉映。

相传在很久很久以前，洞庭湖中并没有岛。每当狂风大作、白浪滔天时，来往船只无处停靠，常常被巨浪吞没，当地人民苦不堪言。这事引起了水下 72 位螺姑娘的同情。她们忍痛脱下身上的螺壳，结成一个个小岛，后来连在一起，就成了今天的君山。相传君山上的 72 峰，就是 72 位螺姑娘变成的。

湖南省岳阳市君山岛

277

君山名胜古迹众多，文化底蕴深厚，历代文人墨客围绕君山的各色特点，著文赋诗，题书刻石。尤其是自唐代以来，李白、杜甫、黄庭坚、辛弃疾、张之洞等人都纷纷登临君山，留下无数千古绝唱，李白这句"淡扫明湖开玉镜，丹青画出是君山"更使得君山名声大噪。而这里成片的茶园，更是为君山增色不少。

君山虽小，名胜古迹、神话故事却不少。关于名茶"君山银针"，便有一个有趣的传说。

据说，后唐的第二个皇帝李嗣源第一次上朝的时候，侍臣为他沏了一杯茶，当开水倒进杯子里的时候，却看到一团白雾腾空而起，慢慢地雾里竟然出现了一只白鹤。这只白鹤对李嗣源点了三下头，便朝蓝天翩翩飞去了。再往杯子里看时，杯中的茶叶一根根悬空竖了起来，就像一棵棵破土而出的春笋。过了一会儿，又慢慢下沉，就像是雪花坠落一般。

李嗣源感到非常困惑，就问侍臣是什么原因。侍臣回答说："这是用君山的白鹤泉水泡黄翎毛（君山银针的古称）的缘故。"李嗣源心里十分高兴，立即下旨把君山银针定为"贡茶"。这虽然是个传说，但君山银针冲泡时，确实会棵棵茶芽立悬于杯中，非常漂亮。

其实呀，君山上的传说数不胜数，从《山海经》记载的娥皇和女英的故事开始，关于君山的传奇就从未停止。

相传 4000 多年以前，舜帝"南巡"，他的两个爱妃娥皇、女英随后赶来。正当两位妃子乘的船被风浪阻于洞庭山时，突然传来舜帝已经死在苍梧山的消息，娥皇和女英悲恸欲绝。她们在洞庭湖上扶竹南望，涕泪纵横，点点泪珠洒于竹上，呈现斑斑点点的泪痕，这些被洒上泪斑的竹子，就是现在君山北边生长的"湘妃竹"，也叫"斑竹"。

最后，悲痛万分的娥皇和女英悲恸过度去世了，她们被葬在了洞庭之中的一座山上，这山便是君山，现如今，君山东麓尚存有二妃墓。

唐代诗人高骈游临此地，有感而发，还作诗《湘妃庙》记叙此事。

dì shùn nán xún qù bù huán    èr fēi yōu yuàn shuǐ yún jiān
帝舜南巡去不还，   二妃幽怨水云间。

dāng shí zhū lèi chuí duō shǎo    zhí dào rú jīn zhú shàng bān
当时珠泪垂多少，   直到如今竹尚斑。

君山就像一幅多彩的画，每一次观看都会有新的体验，它又像一本传奇的书，每一遍阅读都会有新的发现和感受。在这里，爱情不过只是传说中的点缀，诗歌不过只是茶余饭后的佐餐，水墨写意和工笔白描在此达到了和谐完美的结合。

到了洞庭湖而不到君山，就好像初到北京却不去故宫一样令人遗憾。如果说洞庭湖是盘踞在湘楚大地上的一条盘龙，那君山，必定就是它绝不可缺的龙睛。二妃墓、柳毅井、传书亭，这一个又一个令人遐想无限的地方，正在君山之上等你前去。它们在等着，等着给我们讲述一个又一个美丽动人的故事。

## 二妃墓

二妃墓位于岳阳市君山斑竹山西头，是娥皇、女英的合葬墓。墓碑上刻着"虞帝二妃之墓"，墓碑的两边有石柱八根，上面雕着莲花盘、雄狮、大象、老虎的形象。墓前 20 米处有一对石引柱，上面刻有"君妃二魄芳千古，山竹诸斑泪一人"的对联。整个墓区被斑竹、塔松等植物包围着，堆苍涌翠，芬芳清雅。

虞帝二妃之墓

　　柳毅是传奇小说《柳毅传》中的主人公。传说，唐高宗仪凤年间，书生柳毅为受虐待的龙女送信，后来两人成就一段佳缘。而柳毅井就是当年柳毅前往龙女家的入口。柳毅井位于君山龙口内的龙舌的根部，井底深不可测，过去崇圣祠有个老和尚做过试验，用半斤丝线，一端系上铜钱吊下井去，丝线放完了，还未探到井底。在唐代，这口井旁有一棵巨大的橘子树，所以又被称作"橘井"。

君山岛上的柳毅井

　　传书亭又叫鸳鸯亭，位于柳毅井后的高台上。亭子是由两个长方形交错组成的，由10根柱架支撑亭顶，顶上覆绿色琉璃瓦，自成古朴幽雅的风格。两个连在一起的亭子象征着龙女与柳毅的爱情，丰富并加强了柳毅传说的感染力。

📍 君山岛上的传书亭

# 岳阳楼

岳阳楼

xī wén dòng tíng shuǐ　　jīn shàng yuè yáng lóu
昔 闻 洞 庭 水 ，　今 上 岳 阳 楼 。

wú chǔ dōng nán chè　　qián kūn rì yè fú
吴 楚 东 南 坼 ，　乾 坤 日 夜 浮 。

qīn péng wú yí zì　　lǎo bìng yǒu gū zhōu
亲 朋 无 一 字 ，　老 病 有 孤 舟 。

róng mǎ guān shān běi　　píng xuān tì sì liú
戎 马 关 山 北 ，　凭 轩 涕 泗 流 。

——杜甫·《登岳阳楼》

屈子祠

岳阳文庙

过去早就听说过洞庭湖，今天终于登上了岳阳楼。吴国和楚国从洞庭湖的东南开始分开，天地好像日日夜夜都在湖上浮动。亲朋好友没有一封信给我，年老多病的我现在只有一叶孤舟陪伴。北方的边关正在鏖战，我扶着岳阳楼的栏杆，不禁老泪纵横，悲从心起。

　　杜甫写这首诗的时候，是公元768年。杜甫从夔州东下，因兵荒马乱，不得已漂流在外，冬天的时候，他来到了岳阳，登临岳阳楼时万般情绪涌上心头，只能借诗歌倾诉出来。

　　诗中的洞庭湖虽然依旧烟波浩渺、气势不凡，但杜甫的内心却是无比孤寂，无比凄凉。他留下的这首《登岳阳楼》，是艺术，更是寂寞。

　　岳阳楼，最初是三国时期东吴大都督鲁肃的"阅军楼"，后来被人们称为"巴陵城楼"，直到唐代李白赋诗《与夏十二登岳阳楼》后，便将"岳阳楼"这个名字传播了出去，让文人墨客都憧憬着登岳阳楼浏览洞庭湖的湖光山色。

　　宋代重修岳阳楼之后，范仲淹所撰写的《岳阳楼记》，更让它扬名天下。

lóu guān yuè yáng jìn    chuān jiǒng dòng tíng kāi
楼观岳阳尽，川迥洞庭开。

yàn yǐn chóu xīn qù    shān xián hǎo yuè lái
雁引愁心去，山衔好月来。

yún jiān lián xià tà    tiān shàng jiē xíng bēi
云间连下榻，天上接行杯。

zuì hòu liáng fēng qǐ    chuī rén wǔ xiù huí
醉后凉风起，吹人舞袖回。

—— 李白《与夏十二登岳阳楼》

传说，岳阳楼的修建还跟工匠祖师鲁班有关。

唐开元四年（公元716年），张说被贬到岳州之后，决定张榜招聘名工巧匠，在阅兵台旧址修造"天下名楼"。此时有一位从潭州来的青年木工李鲁班前来揭榜。但李鲁班徒有虚名，他摆弄了一个月的时间，设计出来的图纸只是一座过路小亭。张说很不满意，再限七天时间，让他一定要拿出与洞庭湖水形胜相得益彰的有气派的楼阁图纸。

正当小工匠李鲁班一筹莫展时，有一位白发老人走了过来，问清缘由后，便把背着的包袱打开，指着编有号码的木头说："这些小玩意儿，你若喜欢，不妨拿去摆弄摆弄，或许会摆出一些名堂来。若是还差点儿什么，就到连升客栈来找我。"李鲁班接过开始研究起来，发现用这些木头居然可以构成一座十分雄壮的楼型。李鲁班心中欣喜万分，觉得这是祖师爷显灵，连忙向白发长者道谢。老人笑了笑，在湖边留下了写有"鲁班尺"三字的木尺，一阵风后就不见了。

不久，一座新楼在岳州拔地而起，高耸湖岸，气象万千。

没有人知道白发老人是谁，工匠们都纷纷猜测，这个人就是传说中的祖师爷鲁班。

岳阳楼建筑精巧，是一个集对联、诗文及民间故事为一体的艺术世界。

岳阳楼现今保存的历代文物，以诗仙李白的对联"水天一色，风月无边"最为著名。其次要数清代书法家张照书写的《岳阳楼记》全文木雕屏，木雕屏由 12 块巨大的紫檀木组成，文章、书法、刻工、木料全属珍品，人称"四绝"。

📍 岳阳楼内的《岳阳楼记》木雕屏

岳阳是中国著名的历史文化名城，千百年来，烟波浩渺的洞庭湖不仅孕育了湖湘文化，也催生了岳阳这座江南城市。城内有名山、名水、名楼、名人、名文，湘楚文化在此得到蓬勃发展。你如果走进岳阳城里，一定会有意想不到的收获。

岳阳楼位于湖南岳阳市岳阳楼区，洞庭湖畔，下瞰洞庭，前望君山，与武汉黄鹤楼、南昌滕王阁并称"江南三大名楼"。

岳阳楼为纯木结构，四柱三层，飞檐、盔顶，顶上覆着琉璃黄瓦，远远眺望，恰似一只凌空欲飞的凤鸟，充满了生命力。

📍 黄昏下的岳阳楼

📷 **岳阳文庙**

文庙也叫孔庙，是古代祭祀孔子的地方，位于岳阳二中校园内。庙中原有泮池、状元桥、回廊、大成殿。历经了数十次重建或修缮，现存的大成殿具有宋代建筑风格。

大成殿在明弘治元年（1488年）八月进行过一次大修，在天花板上绘有一幅《盘龙戏凤》，至今依稀可辨，为文物中的珍品。

岳阳市文庙

## 屈子祠

　　屈子祠位于汨罗城西北玉笥山顶,是纪念爱国诗人屈原的祠堂,现为屈原纪念馆。春秋战国时期,屈原被流放时曾在汨罗江畔的玉笥山上居住过,后来他深感救国无望,投江而死。《拾遗记》记载:"楚人为之立祠,汉之犹存",说明屈原死后不久,人们便为他修建了庙宇。如今这里古木参天,古朴幽静,现存建筑有正殿、展览室、独醒亭、招屈亭、屈子祠碑等。

岳阳市汨罗市屈子祠

自为青城客，不唾青城地。

白帝高为三峡镇，瞿塘险过百牢关。

夔州

青城山

峨眉山月半轮秋，影入平羌江水流。

晓看红湿处，花重锦官城。

成都

峨眉

朝辞白帝彩云间，
千里江陵一日还。

白帝城

第十辑：**天府巴蜀**
——诗人梦中的理想国

# 夔州

夔州古城
依斗门

zhōng bā zhī dōng bā dōng shān　jiāng shuǐ kāi pì liú qí jiān
中巴之东巴东山，江水开辟流其间。
bái dì gāo wéi sān xiá zhèn　qú táng xiǎn guò bǎi láo guān
白帝高为三峡镇，瞿塘险过百牢关。

——杜甫·《夔州歌十绝·其一》

小寨天坑

夔州博物馆

中巴的东边有座大巴山，自开天辟地以来，长江之水就从这里的山群间流过。白帝城在夔州之东的北岸高峰顶上，牢牢镇守着三峡，而这里的瞿塘峡比汉中的百牢关还要凶险万分。

东汉末年，刘璋据蜀，将这里分为三巴——中巴、西巴、东巴。夔州在当时叫巴东郡，所以，这首诗里的巴东山就是大巴山，诗中所描写的地方，正是三峡两岸，而题目中的夔州，大约就在今天重庆市奉节县所在的位置。

烟雨中的奉节县瞿塘峡

据说，最初的时候，这里叫作夔子国，是古代巴人的聚集地。巴国，是中国历史上最神秘的"蛮夷之地"。

巴国成国于何年，已不可考证。它为世人所知晓，是因为《山海经·海内经》中记载说——伏羲就是巴人的始祖。若真是如此，那巴国的历史可就太辉煌了。

在公元前316年，辉煌的古巴国突然神秘消失，传说是被秦人所灭，但详细情况已经不可考证。我们只能从流传下来的零星文字中，窥见古巴国宛如昙花一现的灿烂文化。

在夔州这个如水墨画卷一般的地方，巴人世世代代繁衍生息。他们战天斗地，自强不息。在猿猴长啸的三峡之间，穿梭着他们勤劳的身影。后来战争爆发，巴族的幸存者在这里全部壮烈牺牲。在当地人民的口中，至今还流传着许多关于巴人可歌可泣的故事。

战国时，这里属楚国管辖，秦汉年间改为鱼复县。而关于"鱼复县"的名称，就是源自一段悲凄感人的传说。

战国时，爱国诗人屈原忧国忧民，主张联齐抗秦，以保楚国，谁知他却被奸臣陷害，遭贬官放逐。后来楚国郢都被秦国所破，他悲愤至极，便投汨罗江而死。汨罗江里有一条神鱼，十分同情屈原的遭遇，它张开大嘴吞入屈原的尸体，从汨罗江游经洞庭湖，然后进入长江，再溯江而上，送往屈原的故乡秭归。当神鱼游到秭归时，百姓们拥到江边，失声痛哭。

神鱼听见百姓们的哭声，越发受到感动，也跟着淌下泪来。泪水模糊了神鱼的视线，它看不清路途，早已游过秭归，还在继续往上游，直到撞着了瞿塘峡的滟滪堆，才猛然醒悟。神鱼急忙掉头往回游，将屈原的遗体送到了秭归。就这样，人们便将神鱼从滟滪堆往回游的地方叫作"鱼复县"了。

蜀汉章武二年，也就是公元222年，刘备出兵伐东吴，遭到惨败，退守鱼复，将鱼复改为永安县。唐朝贞观年间，此处又改称奉节县，隶属夔州府。

现在，我们大致能明白，杜甫诗中所写的夔州，究竟是什么样的来历了吧？说起杜甫，他与古夔州的渊源可不浅呢。杜甫曾在这儿住过两年，写下了四百多首脍炙人口的唐诗，这些诗约占他所有创作的三分之一。

杜甫在夔州所作的一首《登高》，历来被世人推崇：

风急天高猿啸哀，渚清沙白鸟飞回。
无边落木萧萧下，不尽长江滚滚来。

而这猿猴长啸，江流滚滚，正是夔州的真实写照。夔州，就好比长江之上被仙人泼下了一股浓墨，渐渐在江面晕染开来，它层次分明，厚重有度，宛如一幅大气磅礴的山水画卷展现在人们眼前。

宋代诗人陆游也曾到过夔州，他羡慕这里"楼前看花，山下采茶"的闲适生活，一颗忧国忧民的疲惫心灵，在三峡的山水中得到了放松，写下了《三峡歌》：

锦绣楼前看卖花，麝香山下摘新茶。
长安卿相多忧畏，老向夔州不用嗟。

如今，巴人所留下的丰富遗迹，也早已深埋于江水之下。诗中之景，大多也不是真实地在我们眼前，更多的，是在我们的心中。更何况，我们在这里还能看见更多令人惊喜的所在。

## 📷 夔州古城依斗门

依斗门，是奉节古城的南大门，始建于明成化十年（1474年），得名于杜甫的诗句"夔府孤城落日斜，每依北斗望京华"。古时贵宾到此，都要从依斗门进入古城。

如今我们看到的依斗门是2002年复建的，因三峡水库蓄水，依斗门按照原形制、原工艺复建在奉节县的宝塔坪，城楼还改造成了"夔门奇石馆"。

📍 夔州古城依斗门

## 📷 夔州博物馆

夔州博物馆位于重庆奉节县的夔门街道，离依斗门很近。夔州博物馆虽然不算大，但是藏品都非常有本土特色。博物馆利用馆藏文物、浮雕、实景复原、投影等手段，为人们展现奉节的地理文化、战争文化，诗歌文化、渔猎文化等。

📍 夔州博物馆里的杜甫雕像

## 📷 小寨天坑

小寨天坑位于奉节县荆竹乡小寨村，是世界上深度和容积最大的天坑，远远看去，就像几座山峰间凹下去的一个大漏洞，因此这种地貌又被叫作"岩溶漏斗"。

天坑口径 622 米，深 666.2 米，四面绝壁如斧劈刀削。坑中有无数幽深莫测的洞穴和汹涌澎湃的暗河，考古学者在这里发现了许多动植物、古生物化石。我们可以沿着台阶而下，站在坑底抬头仰望，体会名副其实的"坐井观天"。

📍 重庆市奉节县小寨天坑

📍 天坑中的暗河

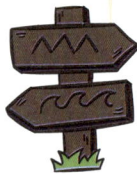

# 白帝城

瞿塘峡

zhāo cí bái dì cǎi yún jiān　　qiān lǐ jiāng líng yí rì huán
朝辞白帝彩云间，千里江陵一日还。
liǎng àn yuán shēng tí bú zhù　　qīng zhōu yǐ guò wàn chóng shān
两岸猿声啼不住，轻舟已过万重山。

——李白·《早发白帝城》

三峡碑林

白帝庙

清晨，朝霞近在眼前，李白告别了高入云霄的白帝城，踏上了新的旅程。他的目的地是江陵，虽然路途遥远，李白心中却无比畅快，乘坐的小船顺风顺水，说不定一天就能到达。三峡两岸的猿猴在他耳边不停啼叫，不知不觉，李白乘坐的轻舟已渐渐穿过了万重青山。

唐肃宗乾元二年，也就是公元 759 年，李白被流放到遥远的夜郎国，当他沮丧地行进到白帝城时，却突然接到了被赦免的圣旨，他的心情立刻好起来，随即放舟东下，奔赴江陵。途中，他抑制不住心中的喜悦，神采飞扬地作了这首诗。

李白的这首诗，灵动愉悦，轻快宜人，让我们在读的时候也能感受到一种郁闷得以疏解的爽快之情。透过这首诗，我们仿佛可以看见这样一个景象：船过奉节，顺流而下，遥望瞿塘峡口，但见长江北岸高耸的山头上，有一幢幢飞檐楼阁，掩映在郁郁葱葱的绿树丛中。这就是三峡的著名游览胜地白帝城。

白帝城位于长江北岸，距奉节城东 8 千米。它一面靠山，三面环水，背倚高峡，前临长江，气势十分雄伟壮观，是三峡旅游线上久享盛名的景点。而诗仙的这句"朝辞白帝彩云间，千里江陵一日还"更是让古往今来的人们对白帝城的大好风光充满期待。

遗憾的是，李白所看到的白帝城风光在几年之后被破坏，杜甫来到白帝城的时候，西蜀战火不断，又正逢倾盆大雨，他站在白帝城上，望着到处流浪的百姓，感慨万千，写下了《白帝》：

白帝城中云出门，白帝城下雨翻盆。
bái dì chéng zhōng yún chū mén   bái dì chéng xià yǔ fān pén

高江急峡雷霆斗，翠木苍藤日月昏。
gāo jiāng jí xiá léi tíng dòu   cuì mù cāng téng rì yuè hūn

戎马不如归马逸，千家今有百家存。
róng mǎ bù rú guī mǎ yì   qiān jiā jīn yǒu bǎi jiā cún

哀哀寡妇诛求尽，恸哭秋原何处村。
āi āi guǎ fù zhū qiú jìn   tòng kū qiū yuán hé chù cūn

历史上，白帝城也经历了好几场战争，就连"白帝城"的名字，也跟军阀混战有关。

西汉末年，王莽篡位，他手下大将公孙述割据了四川。公孙述在天府之国的势力渐渐膨胀，野心勃勃，终于有一天，他想自己做皇帝，于是骑马来到瞿塘峡口，见这里地势险要，难攻易守，便开始扩修城垒，屯兵严防。

后来，公孙述听说城中有口白鹤井，井中常冒出一股白色的雾气，形状宛如一条龙，直冲九霄，他便故弄玄虚，说这是"白龙出井"，是他日后必然登基成龙的征兆。于是，他在公元25年自称白帝，所建城池取名"白帝城"，山也改名"白帝山"。

然而，虚假的征兆终究会迎来幻灭。公元36年，公孙述与刘秀争天下，被刘秀所灭，白帝城亦在战火中化为灰烬。

这时候，白帝城还不怎么出名。到了三国时期，刘备来到此处，他的故事，将白帝城的名字推向了全国。

公元221年，三国蜀汉皇帝刘备为了给爱将关羽报仇，兴兵伐吴。公元222

年8月，刘备在夷陵之战中被吴将陆逊打败，兵退夔门之外，从此一病不起，郁郁而终。

临终之时，刘备于白帝城附近的永安城永安宫内托孤于诸葛亮，上演了三国史上悲壮的一幕——白帝城托孤。

曾经的白帝城三面环水，在雄伟险峻的夔门山水中，显得格外秀丽。据说，从山脚下拾级而上，要攀登近千级石阶，才能到达山顶，在这里可观赏夔门的雄壮气势。

当三峡水利工程竣工之后，这里的水位被抬高许多，今天的白帝城四面被湖水环绕，宛如一片与世隔绝的人间乐土。

重庆市白帝城

奉节县瞿塘峡的秋季

## 📷 瞿塘峡

瞿塘峡又叫夔峡，西起奉节县白帝山，东迄巫山县大溪镇，长8千米，是三峡（另外二峡是巫峡、西陵峡）中最短的一个，却最为雄伟险峻。入口处叫夔门，两岸断崖壁立，高数百丈，夔门北边的山叫赤甲山，南边的叫白盐山，不管天气如何，总是现出一层层或明或暗的银辉。峡中水深流急，波涛汹涌，奔腾呼啸，令人惊心动魄。你知道吗，第五版人民币10元纸币的背面图案就是这里哟。

## 白帝庙

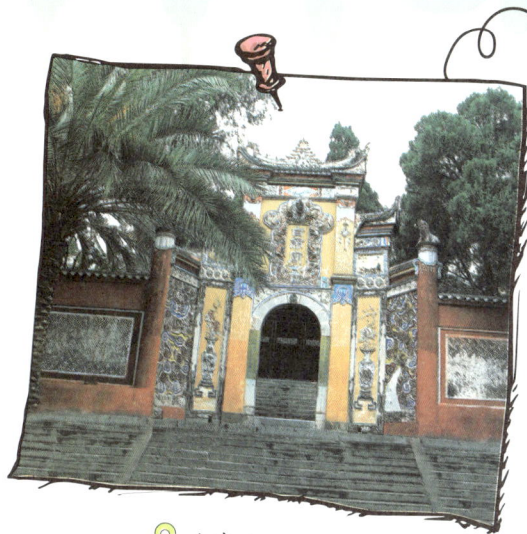

白帝庙位于白帝山山巅上，庙内有明良殿、武侯祠、观星亭等明清时期的建筑。明良殿是庙内的主要建筑，内有刘备、诸葛亮、关羽和张飞的塑像。而武侯祠内则供诸葛亮祖孙三代像。祠前的观星亭，传说是诸葛亮夜观星象的地方。庙内还有文物陈列室，展示新石器时代以来，这里出土的文物和名家书画。

📍 白帝庙门楼

## 三峡碑林

在白帝城内有东、西两处碑林，其中西碑林竹枝园里有 100 多通书画石碑，这些书画作品来自全国各地的书画大家，被誉为"三峡第一碑林"。

东碑林中的《凤凰碑》和《竹叶碑》最为珍贵，《凤凰碑》用细腻线条刻画了鸟中之王凤凰、花中之王牡丹、树中之王梧桐树，因此又叫作"三王碑"。《竹叶碑》远看是翠竹，近看却是一首五言诗，非常有趣。

📍 白帝城碑林

# 成都

杜甫草堂

hǎo yǔ zhī shí jié　　dāng chūn nǎi fā shēng
好 雨 知 时 节， 当 春 乃 发 生。

suí fēng qián rù yè　　rùn wù xì wú shēng
随 风 潜 入 夜， 润 物 细 无 声。

yě jìng yún jù hēi　　jiāng chuán huǒ dú míng
野 径 云 俱 黑， 江 船 火 独 明。

xiǎo kàn hóng shī chù　　huā zhòng jǐn guān chéng
晓 看 红 湿 处， 花 重 锦 官 城。

——杜甫·《春夜喜雨》

金沙遗址

武侯祠

雨仿佛能知道人们的心思，在最需要的时候悄然来临，到了春天它就自然地应时而生。雨伴随着风在夜里悄悄飘洒，滋润着万物，轻柔而寂然无声。田野间的小路一片漆黑，只有一点渔火若隐若现。等到天明时看那雨水湿润的花丛娇美红艳，锦官城里该是一片万紫千红吧。

这首《春夜喜雨》是唐诗中的名篇之一，你是不是也学过这首诗呢？它是761年杜甫在成都草堂居住时所作。这首诗将春雨比作人，以极大的喜悦之情，赞美了来得及时、滋润万物的春雨。而锦官城，正是古代成都的别称。

关于锦官城还有个来历。

《甄嬛传》中曾提到过"蜀锦"，皇帝送给甄嬛一双蜀锦做的鞋子，据说异常昂贵。据考证，蜀锦这种锦缎起源于战国时期，距今已有两千余年的历史。早在三国蜀汉时期，成都的蜀锦就十分出名，并且是蜀汉政权最为重要的财政收入。因此，蜀汉王朝便下设锦官，又建立了锦官城，由此，锦官城便成为成都的别称。

但锦官城也仅仅是成都的别称，自建城以来，"成都"这个名字千年来从没有变过，它是除山西太原外，另一座建城以来，无论是城址还是名称都从未改变过的城市。

四川省成都市

　　从出土的大量古蜀国文物中能看出，早在商周时期，古蜀国人民就创造了高度发达的青铜文明，是华夏文明的重要组成部分。

　　隋唐时期，成都的经济非常发达，虽地处群山环抱之中，但这里文化繁荣，佛教盛行，那时的成都，可是全国数得上的大城市呢，它与长安（西安）、晋阳（太原）、扬州等地，并称为唐时的六大都会。那时，这里文豪云集，大诗人李白、杜甫、王勃、卢照邻、高适、岑参、李商隐等人，都曾旅居成都。

　　在唐代，杜甫就曾经来这里探访武侯诸葛亮的祠堂，并且作诗《蜀相》留念：

丞相祠堂何处寻，锦官城外柏森森。

映阶碧草自春色，隔叶黄鹂空好音。

三顾频烦天下计，两朝开济老臣心。

出师未捷身先死，长使英雄泪满襟。

锦官城外，数里之遥，远远望去，早见翠柏成林，好一片葱葱郁郁，气象不凡，原来就是诸葛武侯祠所在了。

今天的成都山清水秀，人们生活悠闲舒适，在这里待得久了，你似乎感觉不到时间的流逝，一切都是那么平静，那么自然，就好像它千年未变的名称一样，时间似乎凝固在了整座城市当中。

## 杜甫草堂

杜甫草堂，位于四川省成都市西郊的浣花溪畔，现今是成都杜甫草堂博物馆。

杜甫当年为了躲避安史之乱，和家人辗转来到成都，被这里的景色吸引，便定居了下来，在草堂里创作了诗歌240余首。可惜，仅仅四年，杜甫在成都的挚友兼依靠——严武突然病逝，他只好离开成都，草堂也渐渐倾毁。直到唐末诗人韦庄寻到草堂遗址，修葺并扩建草堂，这才得以保存下来。如今我们走进这里，能看到果亲王爱新觉罗·允礼所写的"草堂"二字匾额；走过红墙绿竹的花径小路时，仿佛穿越到杜甫的诗中——"花径不曾缘客扫，蓬门今始为君开"；在诗史堂读杜甫的诗，可以了解唐代由盛转衰的那段历史。

📍杜甫草堂"茅屋"

📍杜甫草堂"草堂书局"

武侯祠静远堂内的诸葛亮塑像

成都武侯祠，位于四川省成都市南门武侯祠大街，始建于公元221年，最初是纪念诸葛亮的祠堂，后来和旁边刘备的惠陵、汉昭烈庙、三义庙组成了现在的武侯祠建筑群。进入武侯祠，先看到的是蜀汉时期的文臣武将雕塑，每尊雕塑前都有刻着相关人物生平事迹的石碑。往里走依次是刘备殿、诸葛亮殿、三义庙、惠陵。

## 金沙遗址

金沙遗址位于成都市苏坡乡金沙村，是古蜀国的都邑，在这里出土了5000多件珍贵文物，尤其是太阳神鸟金饰、大金面具的出土，向世界证实了早在3000多年前古人就已经掌握了冶炼黄金的工艺。在原址上建造的金沙遗址博物馆，用出土文物和实景搭建，全面展示了古蜀金沙王国的辉煌。

金沙遗址博物馆的商周大金面具

金沙遗址博物馆的商周太阳神鸟金饰

# 青城山

zì wéi qīng chéng kè　bú tuò qīng chéng dì
自为青城客，不唾青城地。

wèi ài zhàng rén shān　dān tī jìn yōu yì
为爱丈人山，丹梯近幽意。

zhàng rén cí xī jiā qì nóng　yuán yún nǐ zhù zuì gāo fēng
丈人祠西佳气浓，缘云拟住最高峰。

sǎo chú bái fà huáng jīng zài　jūn kàn tā shí bīng xuě róng
扫除白发黄精在，君看他时冰雪容。

——杜甫·《丈人山》

月城湖

上清宫

五龙沟

自从来到了青城山，成为青城人，杜甫便爱上了这个地方，他甚至舍不得在青城的地界吐一口痰。这可爱的丈人山，蜿蜒曲折的山间石阶是多么富有幽深的韵味啊！山上的丈人祠云雾缭绕，这些云雾，都住在青城山的最高峰上。山里有一种珍贵的药材名为黄精，有返老还童的功效，吃了之后再见此人，已是冰雪一般晶莹剔透的容貌了。

从这首诗来看，自誉青城客的杜甫，对青城山的感情深厚非常，他已经将青城山视为自己的知己一般，容不得它有半点被人玷污的痕迹。

不过，杜甫又为什么管青城山叫丈人山呢？这事还得从一个叫宁封的人说起。

相传，在轩辕黄帝时期，虽然人们已经学会了用火烧熟食物吃，却没有锅、碗、盆、罐等工具，只能用手抓着吃饭，即使渴了，也只能趴在河边用手捧水喝，生活非常不方便。

这一天，宁封从河里捕到很多鱼，他将一部分鱼放在火堆上烤来吃，剩下的几条鱼便用泥封了起来，顺手放在火堆边。隔了几天，宁封就把这事儿给忘了。又过了好几天，当他清理火堆时发现有几块硬泥，敲起来还当当作响。宁封忽然想起这些是他放在火堆边用泥封起来的鱼，不知什么时候滚进了火堆里，烧成了现在硬邦邦的模样。

宁封把烧过的泥壳拿在手里，心想，这东西像个容器，不知能不能装水。于是便把泥壳拿到河边，盛满水后，仔细地观察了很久，发现泥壳滴水不漏。这个发现让他欣喜若狂，他甚至想，如果把泥封在其他东西上，烧出来会是什么样子呢？他看到河滩上有些树墩，灵机一动，就把河边的泥巴糊在树墩上，架起火烧了三天四夜，于是他得到了一个土红色的硬泥筒。

宁封把水灌进泥筒里，竟没有漏水，可正当他准备把这个好东西抱去给大家看时，泥筒却破了，水流得满地都是。宁封没有气馁，他想，这是件很有意义的事，如果成功了，那么这些烧过的泥既能装水又能盛食物，以后的生活就方便多了。

后来，他把两次试烧的情况和自己的想法向黄帝做了汇报，又把打碎的泥壳拿给他看。黄帝看后非常高兴，认为这项发明太有用了，于是就任命宁封为陶正，专门负责烧制陶器。后来，不知经过多少次的实验和失败，华夏先民的第一批陶器终于烧制成功了！陶器的出现，解决了人类日常生活中的一大困难。

然而，在一次烧陶时，宁封不慎失足掉进火中，献出了宝贵的生命。当人们赶来时，只看见从窑中升起一团五色浓烟，而宁封的身影好像随烟气在冉冉上升，大家十分惊奇，纷纷说宁封羽化登仙了。

据说，登仙后的宁封被人发现隐居于青城山北崖，黄帝知道他有异能，便来到青城山，筑台拜宁封为五岳丈。后来的人们又称他为"九天丈人"。杜甫诗中的丈人祠便是宁封的道场。

如今，丈人祠又称建福宫，它在青城山山门的右侧，内有丈人殿，塑着宁封的像，里面有对联曰："道堪总慑群流，神秘启诸天，偶窥玄妙应如海；我亦遨游万里，丈人尊五岳，漫说归来不看山。"

青城山以天下之幽著称于世，这里山路平缓，幽静宜人，山间植物繁茂，所散

成都市都江堰市青城山晨曦

发出来的木质清香沁人心脾。因此，青城山吸引了不少文人墨客在此修身养性。宋代陆游曾在蜀地任职，多次带着美酒探访青城山。他晚年在一首《寒夜偶怀壮游书感》中回忆道：

chóu xī  xī yóu wàn  lǐ huán    kuáng yín sàn luò mǎn rén jiān
畴昔西游万里还，狂吟散落满人间。
mǎi kōng lù  shuǐ qiáo biān jiǔ    kàn biàn qīng chéng xiàn  lǐ shān
买空禄水桥边酒，看遍青城县里山。
méi ruǐ shū shū chūn yù dòng    chuān yún mò mò xuě yóu qiān
梅蕊疏疏春欲动，川云漠漠雪犹悭。
ǒu  sī  wǔ shí nián lái shì    gù yǐng dēng qián zì xiào wán
偶思五十年来事，顾影灯前自笑顽。

青城山的鸟声、水声、人声混成一片，宛如一首动人的奏鸣曲，如果我们能行走其间，晃晃悠悠，边走边聊，该是多么惬意的旅行呀！

📍 青城山月城湖

## 📷 月城湖

　　月城湖位于青城丈人峰和青龙岗之间的鬼城山旁，又名月城山。源出青城第一峰的清溪水，在这里汇成水面 3 万平方米的山间小湖。月城湖的四周青山环绕，画意盎然，湖水碧绿，宛如明镜。堤上有长廊，可观景歇憩，品茗怡乐。相传战国时期的谋略家鬼谷子曾隐居在鬼城山，五代时期的刘海蟾仙人也在这里修炼。

## 📷 五龙沟

五龙沟，位于青城山后山，古称蛮河，全长8千米，因传说古时有五条神龙隐于沟中而得名。这里峰峦叠嶂，沟中有神秘莫测的金娃娃沱（三潭雾泉），景色绝佳的龙隐峡栈道，韵味无穷的石笋岩、回音壁等景观，还有杜鹃、山茶、野菊等鲜花点缀其间。

📍 青城山五龙沟溪流瀑布

## 📷 上清宫

上清宫位于青城山之巅，始建于晋代，主要建筑有山门、正殿、配殿、玉皇楼等，正殿内主供太上老君像。沿着宫后的台阶攀缘百余米就能到达青城极顶，顶上建有观日亭，置身亭中可观青城日出、云海、神灯等自然美景。

📍 青城山上清宫影壁

峨 眉

峨眉山
金顶

é méi shān yuè bàn lún qiū　　yǐng rù píng qiāng jiāng shuǐ liú
峨 眉 山 月 半 轮 秋 ， 影 入 平 羌 江 水 流 。

yè fā qīng xī xiàng sān xiá　　sī jūn bú jiàn xià yú zhōu
夜 发 清 溪 向 三 峡 ， 思 君 不 见 下 渝 州 。

——李白·《峨眉山月歌》

雷洞坪

清音阁

峨眉山上，半轮明月高高地挂在山头，月亮的影子倒映在平羌江那澄澈的水面上。夜里，李白从清溪出发奔向三峡，他不禁感慨，到了渝州就能看到峨眉山上的月亮了，我是多么思念你啊！

这首诗是李白在 725 年出蜀途中所作的，读完这首诗，不自觉地就跟李白一起沉浸于峨眉山的月影清光中、平羌江的淙淙江声中，以及从清溪向三峡的轻舟迅驶中。

峨眉山是李白心中的故乡之山，他多次写诗赞美峨眉山，尤其喜欢峨眉山的月色，为友人送行时，希望友人无论到了何处，都有峨眉山月相伴而行。

cháng ān dà dào héng jiǔ tiān　é méi shān yuè zhào qín chuān
长安大道横九天，峨眉山月照秦川。
huáng jīn shī zǐ chéng gāo zuò　bái yù zhǔ wěi tán chóng xuán
黄金狮子乘高座，白玉麈尾谈重玄。
wǒ sì fú yún tì wú yuè　jūn féng shèng zhǔ yóu dān què
我似浮云殢吴越，君逢圣主游丹阙。
yī zhèn gāo míng mǎn dì dū　guī shí hái nòng é méi yuè
一振高名满帝都，归时还弄峨眉月。

—— 李白·《峨眉山月歌送蜀僧晏入中京》（节选）

晴天时，如果从山下向上仰望峨眉，会看到一幅非常奇异的景象。峨眉之上，仿佛一派异国风情，山上蓝雾缭绕，仿佛天空之上盘踞了一条蓝色多瑙河，又仿佛是一处蓝色的仙境降落人间，这番景象比登山更为让人心旷神怡。

登上过峨眉山的人都知道，峨眉山的金顶海拔 3077 米，但在距离金顶不远的地方，有两块大石头，看上去比金顶还要高。这两块石头形状相似，相对屹立，石壁很陡，就像刀削的一样。

四川省峨眉之巅——万佛顶

关于这两块巨石，我们又可以讲个故事了。从女娲补天开始说起吧。那时，有一块石头从女娲的炼石炉里滚了出来，它从天上掉到人间，一直落到峨眉山上。从此，峨眉山就有了一块又高又大的石头，直插天穹。

这块石头上通南天门，下通峨眉山，所以想去人间的仙人就可跨出南天门，踏上天门石，就到峨眉山了。

这天，王母娘娘举办蟠桃盛会，各路神仙都赶去赴宴祝寿。仙女们到蟠桃园去摘蟠桃时，发现少了两个守蟠桃园的仙女，一查问才知，她们从天门石私自去了峨眉山，于是只好据实回禀王母娘娘。

王母娘娘一听，大为恼怒。心想：这石头也生得古怪，不偏不倚，正好立在南天门外，替那些凡念未消、不守仙规的人，搭了一道私下凡间的便桥。此石不除，天宫不得安宁。她立即吩咐巨灵神去捉拿那两个仙女。

两个仙女正在峨眉山观赏秀美景色，忽见巨灵神手执开山大斧来捉拿她们了，吓得慌了手脚，赶紧变成两棵梧桐树，躲在树林中。

巨灵神来到山上，一眼就看到在茂密树林中，突兀地立着两棵开着白花的梧桐树。他想：这准是那两个仙女变的。他从身上掏出紫金锁，想去锁梧桐树。

两个仙女一见巨灵神要锁她们，知道露了马脚。她俩一边逃一边商量：这次一定要变成巨灵神认不出的东西！忽然，她们看见地上有一堆堆落叶，灵机一动变成两只蝴蝶落在枯枝败叶中。两个翅膀上有叶脉、叶蒂，两翅合拢就与树上的枯叶一模一样。

果然，巨灵神找遍全山，也没有发现她们，只好回天宫向王母娘娘复命。

王母娘娘对巨灵神说："两仙女私下凡间，罪孽深重。现在我命你斩断天门石，断绝她们的归路。"

于是，巨灵神手举巨斧，把巨石劈开。天门石变成了两块，当中出现了一条道路。因为天门石被斩断，两仙女再也不能返回天宫，她们就永远变成了两只枯叶蝶，飞翔在峨眉山的翠树绿叶之中。

$\underleftrightarrow{\ell\ell\ell\ell\ell\ell\ell\ell\ell\ell\ell\ell\ell\ell\ell\ell\ell\ell\ell\ell\ell\ell}$

传说能让仙女流连忘返的峨眉山，定有它独特的魅力。这里层峦叠嶂、山势雄伟，景色秀丽，气象万千，素有"一山有四季，十里不同天"之说。若是能登临峨眉山的金顶，放眼四方，视野宽阔无比，山下之景更让人叹为观止。不过，峨眉山的猴子十分彪悍，野性十足，担心受伤的话，可以绕开猴山区域哦。

📍 峨眉山金顶日出

## 📷 峨眉山金顶

　　峨眉山位于四川省峨眉山市，距离市区约 7 千米。峨眉山的金顶是块平地，有一座建于公元 1 世纪的华藏寺，因铜殿在太阳的照射下光彩夺目，故俗称金顶。

　　登上金顶，极目四望，成都平原尽收眼底，千山万岭，起伏如浪。冬季的峨眉山，金顶更显恢宏，无论是晚霞，还是日出，抑或壮阔的云海，都只有在这里才能看到。

## 📷 清音阁

清音阁又称卧云寺，位于峨眉山牛心岭下黑白二水汇流处，建于唐朝，得名于西晋时期文学家左思的诗句"何必丝与竹，山水有清音"。在这里可看到山光水色，闻到花草芬芳，听到流泉清音，触摸到亭台碑石，集齐了视觉、嗅觉、听觉和触觉之美，被古今游人誉为"峨眉山第一风景"。

📍 峨眉山清音阁一角

## 📷 雷洞坪

雷洞坪古名雷神殿，据记载是汉朝时期开建的。这里云遮雾绕，人迹罕至。相传在这里的岩壁下有72洞，住着雷神和龙神，伏羲在一洞中悟道，鬼谷子在一洞中著书……

从雷洞坪到接引殿一带，可见名贵花木杜鹃。初夏时节一树千花，五彩缤纷，成片成林，耀眼夺目。如果是冬季12月到来年2月来这里，还可以赶上雷洞坪滑雪场开放。

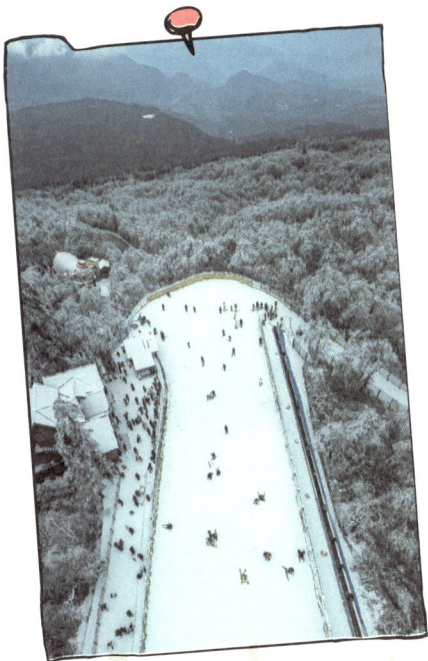

📍 峨眉山雷洞坪冬季

**图书在版编目（CIP）数据**

跟着唐诗去旅行：全 2 册 / 任乐乐著 . -- 北京：

北京理工大学出版社 , 2025. 3.

ISBN 978-7-5763-4968-9

Ⅰ . I207.227.42

中国国家版本馆 CIP 数据核字第 2025J2394D 号

---

**责任编辑**：李慧智　　　**文案编辑**：李慧智

**责任校对**：王雅静　　　**责任印制**：施胜娟

**出版发行** / 北京理工大学出版社有限责任公司

社　　　址 / 北京市丰台区四合庄路 6 号

邮　　　编 / 100070

电　　　话 /（010）68944451（大众售后服务热线）

　　　　　　（010）68912824（大众售后服务热线）

网　　　址 / http://www.bitpress.com.cn

---

版 印 次 / 2025 年 3 月第 1 版第 1 次印刷

印　　　刷 / 武汉林瑞升包装科技有限公司

开　　　本 / 787 mm × 980 mm　1/16

印　　　张 / 21

字　　　数 / 280 千字

定　　　价 / 109.00 元（全 2 册）